LE NOUVEL ADAM,

o u

LE TRIOMPHE DE LA CROIX,

P O Ë M E.

LE NOUVEL ADAM,

OU

LE TRIOMPHE DE LA CROIX,

POËME.

DÉDIÉ A LA REINE.

par Duvernel

Beugnet

A LONDRES,

Et se trouve A PARIS, chez GRANGÉ, Imprimeur Libraire, rue de la Parcheminerie.

M. DCC. LXXVII.

A

LA REINE,

MADAME,

*J*E laisse aux Ecrivains dont la verve féconde
S'alembique l'esprit des grandeurs de ce monde,
Des fameux conquérans à peindre les hauts faits,
Pour vous entretenir des célestes bienfaits;

a

Convaincu que je suis que dans votre oratoire,

Vous ne vous occupez qu'à contempler la gloire,

De l'Être qui seul est la source du vrai bien,

Qui voit tout, entend tout, & sans qui tout n'est rien,

Qui remplit l'univers de sa pure éxistence,

Et lui prescrit les loix de sa toute puissance.

Vos illustres ayeux à son culte attachés,

Vous ont tracé les pas sur lesquels vous marchés;

Et les sages conseils de votre auguste Mere,

En ont dans votre cœur gravé le caractere,

MADAME, & par un nœud qui n'est dû qu'à ses soins

Produisent les effets dont nos yeux sont témoins.

Si j'avois des anciens le mérite en partage,

Pour rendre des vertus le plus noble assemblage,

Ma plume se feroit honneur de l'éprouver...

Mais déjà vos regards m'empêchent d'achever;

De vos pareils telle est la modeste franchise,

Qu'ils ont de la vertu sans vouloir qu'on le dise;

Ou, pour en mieux parler, qu'ils se font un devoir

De la mettre en plein jour sans prétendre en avoir.

Puisque vous me forcez à changer de langage,

Daignez de vos bontés m'accorder le suffrage,

Pour un pieux essai qu'un zèle illimité,

Sous votre nom, consacre à la postérité ;

En faveur du projet, faites que ma priere

De votre bouche obtienne une indulgence entiere ;

Après quoi, pour ne point vous devenir suspect,

Mon silence saura vous prouver mon respect.

C.est avec ce sentiment que je suis,

DE VOTRE MAJESTÉ,

MADAME,

Le très-humble, & très-obéissant
serviteur & très-fidele sujet,
DUVAUCEL.

LE NOUVEL ADAM,

O U

LE TRIOMPHE DE LA CROIX.

P O Ë M E.

Regnavit à ligno Deus.

I N T R O D U C T I O N.

DE la religion, prise dès sa naissance,
J'entreprends de chanter l'éternelle éxistence,
En montrant le chemin que nous devons tenir
Pour marcher à la gloire & pour y parvenir.

A.

Dans ce travail, grand Dieu ! fais que mon cœur fe touche

Des fons que ton efprit va mettre dans ma bouche;

J'ai befoin des tréfors que tu répands toujours

Sur ceux qui, fans relàche, implorent ton fecours,

Et faifant devant toi l'aveu de leur baffeffe,

Obtiennent tes faveurs avec plus de largeffe.

Quand Jéfus-Chrift planta l'étendart de la foi,

Sur le faint évangile établiffant fa loi,

Il fit, en furmontant tous les humains obftacles,

Aux yeux de l'univers un des plus grands miracles.

Quoi! de pauvres pêcheurs, douze hommes du néant

Ont entrepris & fait ce prodige étonnant!

Après avoir reçu le don de la parole,

Ont terraffé l'erreur, ont détruit fon idole,

Ont renverfé des Dieux d'or, d'argent & de bois,

Pour foumettre la terre au culte de la Croix !

Peut-on avoir un cœur, des yeux & des oreilles,

Et ne pas voir, entendre, admirer ces merveilles ?

Peut-on ne pas louer les décrets éternels,

Qui veulent qu'on immole un Dieu fur nos autels,

Et que pour extirper la racine du vice,

On l'offre tous les jours pour nous en facrifice?

Trifte Jérufalem, tu vis naître le jour,

Où leur zèle enflammé par le divin amour,

Malgré leurs oppreffeurs, leur fureur & leur rage

Signala dans tes murs leur généreux courage ;

Tu les vis tous prêcher en Grec, en Chaldéen,

En Latin, en Hébreu, l'évangile chrétien.

Tu les vis rayonnans d'une célefte gloire,

D'un Dieu reffufcité publier la victoire ;

Tu les vis dans ton temple affronter le trépas,

Tu les vis ces effets, & tu ne les crus pas.

Hé bien ! vois donc ton peuple endurci dans le crime,

Payer de fes forfaits le tribut légitime ;

Perfécuté, profcrit, fugitif en tout lieu,

Son plus grand mal eft d'être abandonné de Dieu.

Loin d'avoir refpecté le fang des faints Prophêtes,

Des oracles divins fideles interprêtes,

Dieu, dans fon propre fils, lui-même vint s'offrir,

Et ce peuple eut le front de le faire mourir.

Quelqu'affreux qu'ait été l'excès de fa furie,
On fait qu'il fut toujours la nation chérie,
Et pour nous exprimer jufqu'où va fon amour,
C'eft pour lui pardonner qu'il attend fon retour.

Bouynet

CHANT PREMIER.

APRÈS avoir créé le ciel, la terre & l'onde,
Et les reffors divers qui font mouvoir le monde,
Chacun dans fon emploi placé les élémens,
Formé les animaux, donné la force aux vents,
Dieu fe dit : c'eft trop peu d'avoir fait cet ouvrage;
Achevons & créons un homme à notre image;
Il ne faut point laiffer ce chef-d'œuvre imparfait :
Il dit, & dans l'inftant l'homme fe trouve fait.
On vit paroître Adam dans l'état d'innocence,
Tel qu'il fortoit des mains de la Toute-Puiffance,
Occupé du plaifir de louer fon auteur,
D'admirer fes travaux, d'adorer fa grandeur.
Mais il manquoit encor une femme animée ;
De fa chair, de fes os, la femme fut formée;
Tout concouroit au bien de ces époux heureux,
Dieu fur terre avoit fait un paradis pour eux,
Où tous les animaux foumis à leur puiffance,
Leur montroient leur devoir par leur obéiffance.
Les fruits d'un arbre feul leur furent défendus.
Funeftes fruits ! c'eft vous qui les avez perdus ;

La curiofité, compagne de l'envie,
Troubla bientôt le cours d'une fi belle vie ;
Le viol de la loi décida de leur fort ,
Et cet arbre pour eux devint l'arbre de mort.
La fuprême bonté ne put fouffrir les vices ,
Il fallut déferter ce féjour de délices.
Ils furent condamnés au travail , au trépas ;
Dieu voulut les punir, il ne les perdit pas ,
N'ignorant point qu'un jour , de ce couple peccable,
Devoit fortir du bien la fource intariffable.
Adam ayant perdu fon plus noble attribut,
Le monde prit naiffance & le crime s'accrut.
Caïn vit après eux le premier la lumiere,
Caïn trempa fes mains dans le fang de fon frere :
Abel, le jufte Abel , mourut affaffiné ;
Ce furent-là les fruits de l'homme premier né ;
Sa race , qui franchit les bornes légitimes,
Entraîna l'univers dans un torrent de crimes
Dont les effets fe font à l'homme affez fentir ,
Quand Dieu de l'avoir fait, forme le repentir.
Une famille feule évita fa colere ;
D'un monde renaiffant, Noé devint le pere :
Le refte reffentit le célefte courroux,
Tous étoient criminels , il les fubmergea tous.

Mais malgré la rigueur de cet affreux fupplice,
L'efpece conferva la femence du vice;
Le fils du lâche Cham manquant à fon ayeul,
Mit encor une fois l'innocence au cercueil:
Noé, qui le maudit, attira fur fa tête
Des difgraces du ciel la funefte tempête,
Et fa poftérité fe livrant aux excès,
Aux folles paffions ouvrit un libre accès;
La portion gâtée attaqua la plus pure,
Et le crime d'un feul infecta la nature;
De-là font émanés tant de débordemens
Des mortels corrompus impérieux tyrans,
Qui donnant tout aux fens, rien au Souverain Etre,
Leur firent oublier qu'ils avoient Dieu pour maître.
Les fuperbes humains, dans le vice nourris,
Se donnerent pour dieux leurs vices favoris:
Comme de ce qui plaît le penchant s'accommode,
Chacun felon fon goût fit un culte à fa mode.
Les uns par cet éclat qui forme fa beauté,
Choifirent le foleil pour leur divinité,
Et frappés que chacun doit avoir fa chacune,
Du titre de déeffe honorerent la lune ;
D'autres plus infenfés, à de vils animaux,
Prodiguoient leur amour, leur encens, leurs travaux;

Et par-là ; mettant l'homme au-deſſous de la bête
De l'enfer triomphant aſſuroient la conquête.
L'erreur porta plus loin ſon front audacieux,
Du travail de ſes mains, l'homme ſe fit des dieux,
Des démons déchaînés par l'horrible aſſemblage;
L'ouvrier crut devoir adorer ſon ouvrage.
Leurs forfaits ſont trop grands pour reſter impunis,
A leurs ayeúx, ſans doute, ils ſeront réunis;
Non, non, ne craignons plus des revers ſi funebres,
Une lampe va luire au milieu des ténebres.
Le germe d'Iſraël, le pere des croyans,
Abraham au vrai Dieu va donner des enfans :
J'entends du haut du ciel une voix qui lui crie;
Quitte ta parenté, tes amis, ta patrie,
Sois docile à ma voix, parts ſans délibérer,
Suis moi, je ſuis le ſeul que tu dois adorer;
Prends ta femme avec toi, marche en pleine aſſurance,
Moi-même je ſerai ta grande récompenſe;
De toi je ferai naître un peuple plus nombreux
Que le ſable des mers, que les aſtres des cieux;
Il lui fait preſſentir que ſa race féconde
Doit donner dans ſon tems un rédempteur au monde;
Il donne ſa parole, il en fait le ſerment,
Jamais quand il promet un Dieu ne ſe dément.

Avant de lui tenir fa divine promeſſe,
De ſon cœur il voulut éprouver la tendreſſe;
Non pas qu'il crut devoir attendre des refus,
Mais pour nous applanir la route des vertus.
Le ſaint homme du ciel ſe mit ſous la conduite;
Lot un de ſes neveux fut le ſeul de ſa ſuite.
Heureux ſi moins rébelle à ſes commandemens
Il eût ſu profiter de ſes bons documens.
On quitte la Syrie, on chemine, on arrive,
Du tranquille Jourdain l'on d'eſcend ſur la rive;
C'eſt-là que l'Olivier ſymbole de la paix,
Arroſé de ſes eaux ſe maintient toujours frais.
Dieu dit, en lui montrant cette riche contrée,
Quelle feroit des ſiens la demeure aſſurée;
Il le traite en ami, le comble de ſes biens,
Il a même avec lui de fréquens entretiens.
Lot, pourquoi ne pas ſuivre un ſi parfait modele?
Plus ta fortune augmente & plus ta foi chancelle,
Tu vas te ſéparer, le quitter pour jamais :
Eſt-ce ainſi que l'on doit payer tant de bienfaits?
Tu crois qu'il va tirer raiſon de ton offenſe,
Il ſuffit qu'on t'inſulte, il vole à ta défenſe,
Et s'armant tout-à-coup d'une ſainte fureur,
De cinq victorieux il devient le vainqueur.

Son cœur ne s'enfla point de ce grand avantage,
La gloire de fon Dieu qu'il avoit en partage
Fit que Melchifedech, cet homme Prêtre & Roi,
Fut le premier fignal de la nouvelle loi.
De Sara cependant l'effrayante vieilleffe
Avoit déjà terni l'éclat de la jeuneffe;
On ne lui voyoit plus ce tein frais, gracieux,
Qui de l'Egypte entiere avoit charmé les yeux,
Lorfqu'ayant partagé fa couche nuptiale,
D'une vile fervante elle fit fa rivale.
Vous n'étiez point connus fomptueux bâtimens:
Du féjour de nos Rois frivoles ornemens,
Pour montrer que la terre eft un lieu de paffage,
Une tente ambulante étoit leur héritage.
Agar donna le jour au chef des Sarazins,
Pour arrêter le cours de fes vaftes deffeins;
Trois Anges revêtus de la figure humaine
Annoncerent d'Ifaac la naiffance prochaine:
Des mortels fans la foi, Dieu n'eft connu d'aucun,
Abraham en vit trois, il n'en adora qu'un,
Et pénétrant ainfi le premier des myfteres,
Il mérita le nom de pere des lumieres.
De nos chaftes époux le defir fut rempli;
On vit l'effet paroître & l'oracle accompli,

L'enfant fut circoncis félon la loi prefcrite;
Comme il croiffoit en âge, il croiffoit en mérite,
Et fembloit annoncer par ces commencemens
Ce qu'il devoit prouver dans la fuite des tems.
Sara ne pût fouffrir le fils de l'étrangere,
Il fallut renvoyer Ifmael & fa mere,
Abraham fut fenfible à cet éloignement;
Mais Dieu lui-même en fait l'exprès commandement.
On fe prête aifément à la bonne fortune,
Le contraire eft l'effet d'une ame peu commune;
Nous venons de le voir dans la profpérité:
Voyons-le dans la peine & dans l'adverfité.
Qui ne frémiroit pas quand Dieu lui fait entendre
Je t'ai donné ce fils, mais il faut me le rendre:
L'immoler, c'eft ainfi que tu dois me l'offrir;
C'eft ton Dieu qui l'ordonne, il lui faut obéir.
Il ne confulte point les droits de la nature;
De fa bouche on n'entend fortir aucun murmure,
Rien ne peut arrêter fes defirs empreffés,
Son devoir fait fa loi, Dieu parle, c'eft affez;
Il donne fa configne au pied de la montagne,
Jufques fur le fommet, Ifaac feul l'accompagne,
Il porte le couteau, fon fils porte le bois,
Pour nous repréfenter l'image de la Croix.

Le jeune homme étonné ne voit point de victime,
Il cherche, il la demande au héros magnanime,
Sans changer de couleur, parlant fans s'émouvoir,
Dieu, lui dit-il, mon fils, aura foin d'y pourvoir.
Il prend fur lui l'empire, il s'arme de conftance,
Ne ceffe d'efpérer contre toute efpérance;
En obfervant toujours un filence profond,
Il éleve un autel fur la cime du mont,
Quoiqu'il penfe en effet qu'il eft fon fils, qu'il l'aime;
Plus le péril eft grand, plus fon zéle eft extrême;
Il dreffe le bûcher & ranimant le feu,
Lui fait, en l'embraffant, fon éternel adieu.
Cet agneau fe foumet, il fouffre qu'on le lie,
Sous l'ordre du Très-Haut, fi bien il s'humilie,
Qu'on doute qui des deux a remporté le prix,
Le courage du pere, ou la douceur du fils.
Tout étoit difpofé pour ce grand facrifice,
Jaloux de contenter la divine juftice,
Déjà la main levée & faintement cruel;
Il alloit fur ce fils porter le coup mortel,
Lorfqu'un Ange cria d'une voix formidable,
Abraham, Abraham, refpecte ton femblable,
Epargne cet enfant, le ciel eft fatisfait,
Ta volonté fuffit, le facrifice eft fait;

D'un belier fur l'autel, en action de grace,
L'effufion du fang fut offerte en fa place.
A peine ce cher fils fort-il de cet écueil,
Que dans les champs d'Ephrom il rentre dans le deuil ;
Le tems diffipe tout, la trifteffe s'envole,
De la mort de Sara, Rébecca le confole :
Après qu'elle eut conçu naquirent deux jumeaux,
Ennemis déclarés, dès le ventre rivaux ;
Excédé par la faim, languiffant de foibleffe,
A Jacob, Efaü vendit fon droit d'aîneffe,
Figure dont on voit les effets fucceffifs,
Par l'éclat de l'églife & l'opprobre des Juifs.
Edom * avoit gagné l'amitié paternelle,
La mere aimoit Jacob, le ciel étoit pour elle ;
L'ayant pris pour l'objet de fon affection,
De fon pere il reçut la bénédiction,
Et d'un frere évitant la rencontre ennemie,
Il s'exila lui-même en Méfopotamie.
Un des jours de fa marche, au coucher du Soleil,
Se fentant vivement preffé par le fommeil ;

---

*On a la liberté de dire Edom au lieu d'Efaü, comme il arrive qu'on fe fert plus communément du mot d'Ifraël, que de celui de Jacob.

Pour trouver du repos il s'étendit par terre ;
L'élément fut son lit, son chevet une pierre :
C'est dans ce tems que Dieu se dévoilant à lui,
Lui découvre qu'il est sa force & son appui :
Il dresse un monument, il invoque, il adore
Et vole vers ces lieux où la brillante aurore
Vient rapporter le jour à la terre d'Haran,
Au pays de Nachor, habité par Laban.
Informé du dessein qui fixoit son voyage,
Son oncle lui promit Rachel en mariage.
Il donna pour l'avoir, sept ans de son travail,
Il garda ses troupeaux, eut soin de son bercail;
Mais au lieu de Rachel qui lui fût destinée,
Dans le lit se trouva Lia sa sœur aînée,
Et l'hymen consommé le fils de Bathuël
Voulut un pareil tems pour lui céder Rachel;
Portrait qui nous enseigne à nous faire une étude,
Que le travail conduit à la béatitude.
Après avoir fini quatorze ans de travaux,
Il le servit six ans pour avoir des troupeaux;
Bala fut de Rachel à la couche aggrégée,
Dans les nœuds de Lia, Zelpha fut engagée;
Et successivement des quatre sont issus
Douze fils à Jacob chefs des douze tribus.

Mais comme il éprouvoit , après tant de fervices ;
Tous les jours de Laban nouvelles injuftices ,
Il quitta ce féjour à fon bonheur fatal ,
Et reprit le chemin de fon pays natal.
Quelle force d'efprit ! & quel prodige étrange !
Au torrent de Jaboc il lutta contre un ange ,
Combat dont nous tirons l'époque d'Ifraël ,
Il appella ce lieu du nom de Phanuël ,
Qui depuis a paffé chez nous de race en race ,
Et qui dit en Hébreu j'ai vu Dieu face à face.
Par fon humilité , par fes riches préfens ,
D'Edom il étouffa tous les reffentimens ,
A force de douceur défarmant fa colere ,
D'un lion qu'il étoit il le rendit fon frere.
Mais cela ne mit pas un terme à fes malheurs ,
Le ciel lui réfervoit d'autres fujets de pleurs ;
D'un pere qu'il aimoit , les triftes funérailles
Percerent de nouveau fon cœur & fes entrailles ,
Du pays de Bethléem , Rachel dans le chemin ,
Mourut en accouchant de fon fils Benjamin ,
Ruben , pour affouvir fa paffion funefte ,
Commit avec Bala l'adultere & l'incefte ,
Siméon & Lévi , tranfportés de fureur ,
Jetterent dans Sichem l'épouvante & l'horreur ,

Et Juda, qui depuis fut le peuple d'élite,
Eut Pharés & Zara d'un commerce illicite.
Ce n'est pas tout encor, l'avant dernier de tous,
Joseph sans cesse en butte aux mouvemens jaloux,
Avec son propre sang eut une guerre ouverte :
L'amitié de Jacob pensa causer sa perte ;
D'où l'on doit inférer, pour garder l'union,
Qu'il faut mettre à l'écart la prédilection.
Je m'imagine voir sa robe ensanglantée,
Par ces cruels enfans au saint homme apportée,
Pour concevoir l'effroi dont il fut allarmé,
Par l'apparente mort de ce fils bien aimé.
Je me figure aussi ces hommes sanguinaires,
Ce frere à la merci de leurs mains meurtrieres,
Par Ruben protégé, par les autres perdu,
Tiré de la citerne & lâchement vendu,
Sur les rives du Nil, de Memphis dans l'enclave,
Conduit chez Putiphar en qualité d'esclave,
Devenir l'intendant, le chef de sa maison,
Et comme un criminel traîné dans la prison,
Par l'artifice affreux d'une femme lubrique,
Qui voyant échouer son desir impudique,
Fit retomber sur lui toute la pesanteur
Du crime injurieux dont elle étoit l'auteur.

C'est

C'eſt dans les plus grands maux, divine providence,
Qu'on voit que vous ſavez protéger l'innocence!
D'eſclave il devint libre, & ſeul après le Roi,
Au peuple Egyptien il impoſa la loi:
Pharaon découvrant cette haute ſageſſe,
Que méconnoît le feu de l'ardente jeuneſſe,
Lui mit au doigt l'anneau qu'il portoit en ce jour,
Et commit à ſes ſoins l'intérêt de ſa cour.
Miniſtres de nos Rois, ſur un ſi beau modèle
Apprenez à régler vos mœurs & votre zèle;
Comme lui prévenez les beſoins de l'état,
Soulagez les ſujets ſans nuire au potentat.
Du nouveau courtiſan la ſage prévoyance
Employa les ſept ans que dura l'abondance,
A remplir les greniers qu'il avoit fait bâtir,
Du bled que de ſon ſein la terre fit ſortir.
Il arriva ce tems où la parque au teint ſombre
Couvrit le monde entier du voile de ſon ombre;
Chaque jour la famine augmentant le danger,
Fit en foule en Egypte, accourir l'étranger;
Joſeph qui reconnoît ſes freres dans la preſſe,
Plein d'amour dans le cœur, les traite avec rudeſſe,
Le plus jeune de tous n'étoit point avec eux,
De le voir il affecte un deſir curieux;

B

Siméon dans les fers est gardé pour ôtage ;
Les autres consternés, au retour du voyage,
Ne savent que penser, de voir qu'adroitement
On avoit dans leurs sacs renfermé leur argent.
La provision cesse & la famine augmente,
En vain pour retourner, leur pere les tourmente,
Tous demeurent d'accord qu'ils ne partiront pas,
Si le fils de Rachel n'accompagne leurs pas.
Embarras bien pressant, triste & cruel remede,
A la faim dévorante il faut que l'amour cede.
Jacob éleve au ciel ses yeux pour adorer ;
Mais ce n'est pas sans pleurs qu'on va se séparer :
C'est moi, lui dit Juda, que ce dépôt regarde,
Pour veiller sur ses jours je le prends sous ma garde,
Partez, reprit son pere, & souvenez-vous bien,
Que c'est de son salut que dépendra le mien.
Les présens à la main, chez Joseph ils entrerent,
Introduits devant lui, tous ils s'agenouillerent ;
Siméon qu'on venoit de tirer de ses fers,
Fut exposé comme eux à cet humble revers.
Le Ministre leur fit un assez bon visage,
Mais autant qu'il le put il s'arma de courage,
Pour ne point découvrir les tendres mouvemens
D'un cœur pour Benjamin rempli de sentimens.

Des mets les plus exquis une table couverte,
Contre leur efpérance à leurs yeux fut offerte;
Un prépofé fidele à veiller fur les plats,
Servoit au bien aimé les morceaux délicats.
Pour le prix d'un repas fi brillant, fi fplendide,
Où pas un ne trouva de plaifir infipide;
Pendant la nuit Jofeph fit mettre avec le grain
Sa coupe dans le fac du jeune Benjamin,
Voulant favoir par-là, s'ils avoient pour ce frere
Autant qu'ils l'affectoient une amitié fincere.
Dès l'aube matinale, à la pointe du jour,
S'étant mis en devoir de preffer leur retour,
Ils furent étonnés, à la premiere porte,
De fe voir inveftis d'une affreufe cohorte,
Qui, leur donnant les noms d'efpions, d'ennemis,
Les convainquit d'un vol qu'ils n'avoient point commis.
Voilà, leur dit Ruben, le prix de votre offenfe;
C'eft le fang innocent, qui crie au ciel vengeance,
J'ai protégé mon frere autant que je l'ai pu,
Mais vous n'avez pas fait ce que vous auriez dû,
Et c'eft ce qui fur nous attire cet orage.
Jofeph fans interprête, entendoit ce langage,
Et n'en vouloit pas moins garder le criminel :
Juda lui dépeignit cet amour paternel,

Qui prouvoit de Jacob une perte infaillible,
Et par ses pleurs fit tant qu'il le rendit sensible.
Connoissez, leur dit-il, ce frere malheureux,
Il vous voit, vous entend, il est devant vos yeux.
Ces mots entre-coupés de sanglots & de larmes
Jetterent dans leurs cœurs de nouvelles allarmes.
Peut-être, ajouta-t-il, jugeant de moi par vous,
Craignez-vous les effets de mon juste courroux?
Je connois votre crime & je vous le pardonne,
Vous m'ôtâtes la vie & moi je vous la donne;
Voyez quel est mon fort, venez le partager,
C'est ainsi que Joseph aspire à se venger;
Allez dire à Jacob cette grande nouvelle,
Dissipez les accès de sa douleur mortelle,
Amenez avec vous ce vieillard généreux,
Vos enfans sur ses pas, Joseph aura soin d'eux.
Qui pourroit, tendre pere, exprimer votre joye?
De l'Égypte déjà vous marchez dans la voye.
Le bruit que cela fit parmi les courtisans,
Fut bientôt l'entretien des petits & des grands;
Chacun de bouche en bouche eut soin de le répandre,
Et le Roi ne fut pas des derniers à l'apprendre;
Ce prince bienfaisant, jaloux de son pouvoir,
Trouvant l'occasion de le faire valoir,

Pour tranfporter Jacob, fa fuite & fon bagage,
Fit marcher fur fa route un pompeux équipage.
Comment faire un récit des tendres mouvemens,
Que goûterent leurs cœurs dans ces premiers momens?
Je ne m'impofe point la loi de les décrire,
On peut bien les penfer, mais on ne peut les dire;
Son fils l'introduifit aux pieds du Souverain,
Qui de Geffen lui dit d'habiter le terrein;
Après tant de travaux, coulant des jours tranquilles,
Il vécut dix-fept ans dans ces climats fertiles;
Mais voyant fa fin proche & fon éxil paffé,
Dans fes bras il reçut Ephraïm, Manaffé,
Et donnant à Jofeph fa parole précife,
Qu'ils auroient double part dans la terre promife,
En prévoyant de loin la grandeur du premier,
Il bénit, quoiqu'aîné, Manaffé le dernier.
De fes triftes enfans il reçut la vifite,
Et des fiecles futurs leur découvrant la fuite,
Il prédit à Juda le fceptre d'Ifraël,
Accompagné de gloire & d'un regne éternel;
Chrétien avant les tems, d'un efprit prophétique,
Il lui fit voir l'éclat du culte évangélique,
L'affurant que de lui fortiroit le Sauveur;
En finiffant ces mots, il change de couleur.

Il expire, & son corps porté dans les campagnes,
Va rejoindre Abraham, son fils & leurs compagnes.
Les jours du deuil paſſés, le favori du Roi
Vint, comme auparavant, reprendre ſon emploi,
Du ſolide occupé plus que de ce qui brille,
En faiſant ſon devoir il ſoutìnt ſa famille.
Nourri quatre-vingts ans au faîte du bonheur,
Joſeph mourut enfin plus grand que ſa grandeur,
En ordonnant au ſiens, pour volontés dernieres,
De réunir ſes os aux cendres de ſes peres.

CHANT SECOND.

Du peuple aimé de Dieu déjà puiſſant & fort,
En changeant de Monarque on vit changer le ſort:
Les bienfaits de Joſeph payés d'ingratitude,
Les enfans d'Iſraël réduits en ſervitude,
Les peres ſans relâche au travail deſtinés,
Et les fils en naiſſant à la mort condamnés.
Voilà d'un nouveau Roi quelle fut l'entrepriſe,
Quand pour les affranchir Dieu fit naître Moyſe,
Qui, flotant ſur le fleuve & reſpecté des eaux,
Fut ſauvé par les mains de ſes propres bourreaux,
Elevé ſous les yeux d'une illuſtre Princeſſe,
Il n'aſſujettit point ſon corps à la molleſſe,
Dès qu'il put ſe connoître il conçut pour les ſiens.
Des ſentimens d'amour qui font honte aux chrétiens.
Dieu qui l'avoit choiſi pour être un homme illuſtre,
Lui parla ſur la fin de ſon ſeizieme luſtre,
Dans un buiſſon de feu que ſans ſe conſumer
Au haut du mont Horeb il prit ſoin d'allumer;
Il lui fit voir l'éclat de ſa toute puiſſance
Dans un bois qui depuis ſervit à ſa vengeance.

Sa baguette en prenant la forme d'un ferpent,
Fut des faveurs du ciel l'heureux preffentiment;
Moyfe cependant, malgré ce grand préfage,
S'excufa de tirer les Hébreux d'efclavage;
Mais Dieu qui defiroit confondre Pharaon,
L'obligea de parler par la bouche d'Aaron.
A ce commandement tous deux ils obéirent.
Remplis d'un faint defir à l'ordre ils fe rendirent,
Sans pouvoir amollir la dureté d'un cœur
De fon entêtement qui fit fon point d'honneur ;
Et comme il rejetta quantité de prodiges,
De Jannés & Mambrés * pour fuivre les preftiges,
L'inftitut de la Pâque & le fang de l'agneau
Aux vengeances du ciel mirent le dernier fceau.
Un bâton à la main les Hébreux s'en allerent,
A travers le défert par bandes ils marcherent
Au nombre de fix fois cent mille combattans,
Sans compter leurs troupeaux, leurs femmes, leurs enfans,
Qui chargés d'or, d'argent & d'habits magnifiques,
De l'Egypte emportoient les tréfors domeftiques.
Exactement tirés du lieu de leur repos,
De Jofeph on eut foin de raffembler les os,

---

* Noms des principaux Magiciens de Pharaon. S. *Paul* 2. *Tim.* 3.
Vers. 8.

Suivant l'intention de ce faint patriarche,
Qui fembloient annoncer la tête de la marche.
Pharaon, au regret d'avoir été déçu
Par l'ordre que du ciel Moyfe avoit reçu,
Joignant de fon confeil la haine envenimée,
Les fuivit foutenu d'une puiffante armée.
Ifraël ne voyoit qu'horreur de toutes parts,
Quand la mer de fes flots formant deux forts remparts,
Lui montra dans fon centre une agréable plaine,
Qui conduifit fes pas fur la rive lointaine,
A la faveur d'un feu qui diffipa la nuit,
Et pour fes ennemis qui ne fut d'aucun fruit,
L'Egyptien entra dans la route nouvelle
Réfolu de tirer raifon de fa querelle ;
A peine les Hébreux furent-ils tous paffés,
Qu'on vit du fier tyran fix cents chars fracaffés,
Par la grêle, le feu, la foudre & le tonnerre,
Qui montrerent que Dieu lui déclaroit la guerre.
Tous les foldats pour lors retournant fur leurs pas
Crurent par leur retraite éviter le trépas ;
Mais Dieu qui réunit les eaux fur leur paffage,
Du Prince & des Sujets ne fit qu'un feul naufrage.
Les flots qui fur la grêve apporterent leurs corps,
N'offroient de tous côtés qu'un fpectacle de morts,

Qui, loin de leur caufer de nouvelles allarmes,
A leurs heureux vainqueurs vinrent rendre les armes.
Ce fut dans ce moment fi propice aux Hébreux,
Où la mort préfentoit tout ce qu'elle a d'affreux,
Que Moyfe entonna ce cantique de gloire
Dont l'églife avec foin conferve la mémoire.
On ne peut pas penfer, après tant de bienfaits,
Que ce peuple à fon Dieu fe refufe jamais;
Sa raifon cependant cédant à la nature,
Aux fources de Mara s'abandonne au murmure,
Et repaffant aux eaux de contradiction *
Y porte fon tumulte & fon émotion.
Dieu pour ce peuple ingrat ne manque point d'entrailles,
Il fait tomber la manne, il fait pleuvoir des cailles,
Et pour lui prodiguant l'excès de fa bonté,
Il le comble de biens qu'il n'a point mérité.
Le fuperbe Amalec s'oppofe à fon paffage,
Jofué du combat remporte l'avantage;
Les efforts ennemis deviennent fuperflus
Tant que Moyfe au ciel tient fes bras étendus.
Un Dieu peut-il plus loin pouffer la complaifance?
Avec lui fa bonté va former alliance !

---

* Ces eaux font différentes de celles qui font rapportées au cha-
pitre 20 des Nombres, quand Moyfe frappa deux fois le rocher.

Moyſe , entendez-vous cette éclatante voix ;
Qui ſur le Mont Sina va vous donner des loix ?
Partez ſans différer , la voix qui vous commande
Veut que de tous ſes pas on lui faſſe une offrande ;
Prenez bien la meſure & les dimenſions ,
La longueur , la largeur & les proportions
De l'arche , de l'autel & du ſaint tabernacle ,
Où ſur les Chérubins doit s'expliquer l'oracle.
Préparez un Ephod & tous les ornemens
Pour ſacrer le Grand-Prêtre , ainſi que ſes enfans ;
Qui , ſuivant un décret que le ciel autoriſe ,
Seuls pourront être admis à la grande prêtriſe.
Vous , Aaron, vous ſerez grand Sacrificateur ,
Des ſaintes vérités l'heureux diſpenſateur ;
Pour le prix du péché , dans vos ſaints exercices ;
Vous répandrez le ſang des boucs & des geniſſes ,
Outre un nombre infini de divers animaux ;
Vous offrirez encor tous les jours deux agneaux ,
D'une odeur agréable & d'autant plus exquiſe ,
Qu'ils reſſembleront mieux au culte de l'égliſe.
Les enfans de Lévi n'auront point d'autre emploi
Que de faire obſerver tous les points de la loi ,
Et des douze tribus , ſa tribu ſéparée ,
Sera pour ſon partage aux autels conſacrée.

Un feu pendant la nuit, un nuage en plein jour,
Au-deſſus du lieu ſaint paroîtront tour à tour;
Qu'on obſerve ſur-tout que ſi l'un des deux marche,
Iſraël doit marcher à la ſuite de l'arche.
Mais quel nouveau ſpectacle à nos yeux préſenté
Attire les clameurs de ce peuple enchanté?
D'où naiſſent ces plaiſirs & ces réjouiſſances,
Ces Bacchiques feſtins, ces ris, ces jeux, ces danſes?
Moyſe, c'en eſt fait! on adore un veau d'or;
Ce peuple a pour le fondre épuiſé ſon tréſor,
Et le prêtre abuſant du ſacré privilege,
A l'Idole préſente un encens ſacrilege.
Indigné du mépris de l'Etre Souverain,
Les tables de la loi vous tombent de la main!
Un pareil attentat mérite que la foudre
Réduiſe ſur le champ les criminels en poudre.
Pour venger cet affront, Lévites armez-vous;
C'eſt le courroux du ciel qui conduira vos coups:
Songez que pour calmer la divine colere,
Il lui faut immoler juſqu'à ſon propre frere.
Auſſi-tôt que reçu l'ordre eſt exécuté,
Sans reſpecter amis, ni rang, ni parenté,
De la ſainte tribu la généreuſe audace
En compte vingt-trois mille étendus ſur la place.

Grand Dieu! qui vous nommez vous-même un Dieu jaloux,

Quand il faut pardonner, fût-il rien de plus doux ?

Vous vous rendez à l'homme & vos doigts respectables

Ont rétabli la loi sur de nouvelles tables ;

Adorable bonté prompte à se décider ,

Vous ne refusez rien à qui veut demander,

Et toujours de vos saints exauçant la priere ,

Aux péchés les plus grands vous faites grace entiere,

N'approfondissons point les divins jugemens,

Deux de vos fils, Aaron , ont profané l'encens * ;

D'un Dieu qui les punit adorons la justice ,

Le crime est avéré par l'éclat du supplice.

Quelle est donc la fureur de ce peuple grossier ,

De s'obstiner toujours à se plaindre & crier ?

Et paroître se faire une folle habitude

De n'avoir pour le ciel que de l'ingratitude ?

Dans sa juste colere il exauce ses cris ,

Mais c'est au milieu même & des jeux & des ris,

---

* Nadab & Abiu, ayant pris leurs encenfoirs y mirent du feu &
de l'encens deffus, & ils offrirent devant le Seigneur un feu étranger,
ce qui ne leur avoit point été commandé ; & en même-tems un feu
étant forti du Seigneur, les dévora , & ils moururent devant le Seigneur. *Lévitique chap. X. verf.* 1 & 2.

Qu'à l'imitation de Sodome & Gomorrhe ;
Un feu furnaturel dans l'inftant le dévore.
Ce qui doit étonner, c'eft qu'Aaron & fa fœur,
En infultant Moyfe, infultent le Seigneur,
Et mettent dans fon jour toute la jaloufie
Contre un homme ſi doux dont leur ame eft faifie.
Plus il veut oublier leurs difcours arrogans,
Plus Dieu fait voir qu'il eft l'effroi des médifans;
La lepre qui couvrit & dévora Marie,
S'il n'avoit point prié n'eût pas été guérie.
A force de marcher par différens chemins,
De la terre promife on gagne les confins;
Douze experts font choifis pour faire la vifite
De l'état du pays, du peuple qui l'habite,
Après la quarantaine employée au circuit,
Ils rapportent qu'il eft d'un excellent produit;
Une grappe d'un poids qu'on a peine à comprendre,
Annonce tous les biens que l'on doit en attendre:
Dix d'entr'eux ou par crainte ou par prévention
Excitent les efprits à la rébellion,
En figurant des gens plus forts qu'à l'ordinaire ;
Caleb & Jofué furent d'avis contraire.
Tout le camp fe mutine & paroît de concert,
Pour rentrer en Egypte, ou mourir au défert.

Las de voir méprifer fa puiffance fuprême,
Dieu parle dans fa gloire & jure par lui-même
Qu'ils y périront tous; mais qu'à leurs defcendans
Il tiendra fa promeffe au bout de quarante ans:
Caleb & Jofué, pour leur foi fans égale,
Sònt les feuls exceptés de la loi générale;
Coré, par un orgueil qu'on ne peut concevoir,
Au pontife prétend enlever l'encenfoir.
Abiron & Dathan, fans être nés Lévites,
Du pouvoir abfolu franchiffent les limites;
Deux cents cinquante efprits non moins ambitieux,
Suivent la faction de ces féditieux;
C'eft ici qu'on va voir fi Dieu punit l'infulte
Des fuperbes humains qui méprifent fon culte;
La terre s'ouvre & les chefs avec des cris perçans
Dans le gouffre éternel defcendent tous vivans;
Et le feu qui s'allume au lieu des facrifices,
Sans en épargner un, dévore leurs complices
Ces éxemples devroient engager les Hébreux
A ne plus employer des difcours outrageux;
Mais comme ils ont toujours l'ame baffe & fervile,
L'exemple n'eft pour eux qu'un remede inutile.
A la tête du camp de flamme environné,
L'encenfoir à la main, devant Dieu confterné,

Le Grand-Prêtre demande avec zèle & tendreffe,
Le pardon de leur faute, & l'embrafement ceffe;
Sa verge qui fleurit & qui donne des fruits,
Prouve que dans le cœur il faut qu'ils foient produits,
Et que pour arriver au facré miniftere,
Il faut être appellé de la même maniere.
Après avoir crié rébelles, écoutez :
Moyfe, ce qui fuit fait voir que vous doutez;
Votre crime eft d'avoir deux fois frappé la roche,
C'eft Dieu qui vous en fait lui-même le reproche;
Sous le faix du travail vous êtes fuccombé,
Et dans un cas pareil votre frere eft tombé;
Comme c'eft par vous deux que la faute eft commife,
Nul des deux n'entrera dans la terre promife,
Et pour faire arriver la juftice à fon but,
Le Pontife à la mort va payer le tribut.
A la face du camp prompt à le reconnoître,
Eléazar fon fils eft proclamé Grand-Prêtre.
Le Sauveur figuré par le ferpent d'airain,
Aux yeux de l'univers eft un figne certain
Que c'eft lui qui guérit les mortelles bleffures
Que l'infernal ferpent nous fait par fes morfures.
Après avoir défait Og & le Roi Séhon,
L'un au pays d'Edrai, l'autre proche Héfébon,

Balac

Balac fils de Séphor & Roi des Moabites,
Fit affembler fon peuple & les Madianites,
Pour engager Balaam, par fes Ambaffadeurs,
D'arrêter dans fon cours le progrès des vainqueurs;
Son âneffe qui parle eft un nouveau prodige,
Par fa corruption qu'en tel point il néglige,
Qu'un ange eft obligé de lui faire fentir,
Dans fes prédictions, qu'il ne doit point mentir;
Mais le confeil qu'il donne après fes prophéties,
Démafque de fon cœur toutes les perfidies.
Et la mort qui l'enleve au jour de Madian,
Prouve qu'il eft en plein miniftre de Satan.
Plongé dans l'infâmie avec une profcrite,
Le fils d'Eleazar *, trouve un Ifraëlite;
Il perce d'un poignard ce couple criminel,
Et mérite que Dieu, par un pacte éternel,
Pour le récompenfer d'une action fi pure,
Après lui, donne aux fiens la facrificature.
Les enfans de Ruben, de Gad & de Machir **,
Sans paffer le Jourdain, preffés de s'affranchir,

---

* Zèle de Phinées.

** Machir fut chef de la demi-tribu de Manaffé, qui s'établit
dans le pays de Galaad en deçà du Jourdain.

C

Sous d'équitables loix eurent pour leur partage,
Tout le pays conquis fertile en pâturage.
Moyfe ayant fini fes opérations,
Et comblé les Hébreux de bénédictions,
Vint au haut de Phafga d'une marche affurée,
Pour y confidérer la terre defirée,
Et mourir, fans frayeur des horreurs du tombeau,
Agé de fix-vingt ans, fur le mont de Nébo,
Où, comme il eft marqué dans la fainte Ecriture,
Dieu lui-même à fon corps donne la fépulture.
Jofué, c'eft à vous que le foin eft remis
De conduire Ifraël contre fes ennemis;
Dans le fort des combats que votre ardeur éclate,
Etendez fon pouvoir jufqu'aux bords de l'Euphrate;
Soyez fûr que par-tout où vos pieds poferont,
Malgré tous leurs efforts ces peuples périront.
Déjà vos efpions ont porté la nouvelle,
Que Jéricho gémit de vous voir fi près d'elle.
L'arche qui vient de faire un mouvement foudain,
Gagne infenfiblement la rive du Jourdain;
Le peuple qui la fuit à certaine diftance,
Par fon éloignement prouve fa révérence;
Le fleuve émerveillé de fon brillant afpect,
S'empreffe à lui marquer fon plus profond refpect;

L'eau qui coule d'en haut remonte vers sa source,
Celle qui roule en bas précipite sa course,
Et formant sur son tuf un chemin spacieux,
A vos travaux présente un port délicieux.
La circoncision au désert négligée,
La pâque dans son tems qui veut être mangée,
Sont les ordres sacrés que vous devez remplir,
Avant qu'aucun Hébreu s'empresse à s'établir.
Voici le tems venu de livrer des batailles,
De donner des assauts, de sapper des murailles,
D'exterminer Jébus & les Amorrhéens,
Ceux de Heth, en un mot, tous les Chananéens.
L'immense Jéricho, cette ville si fiere,
Sous le bras du Seigneur va périr la premiere.
Malgré la fermeté de ses superbes tours,
L'arche vous la promet en cendres dans sept jours,
Et sa présence jointe au seul bruit des trompettes,
Pour tomber fera voir qu'elles ont été faites.
Rahab de qui la foi mérite justement
D'obtenir le pardon de son déreglement,
Pour à vos espions avoir sauvé la vie,
Echape à la fureur de ce vaste incendie.
Haï croît s'assurer un sort moins rigoureux,
A la faveur d'un choc en nombre avantageux :

D'Ifraël comme il faut réparer l'anathême,
Et fon peuple & fon Roi feront traités de même.
Gabaon ne peut voir fon pays défolé,
Sans que fon cœur en foit par la crainte ébranlé;
Sous les loix du vrai Dieu, cette ville affervie,
Aux dépens d'une rufe a confervé la vie.
Quand Adonifédec avec le Roi d'Hébron,
Et ceux de Jérimoth, de Lachis & d'Eglon,
Vient faire irruption fur les Gabaonites,
Et chercher à punir ces nouveaux profélites,
Jofué les protege, & dans un feul combat
Fait face à ces cinq Rois, les attaque & les bat.
La Bible, qui n'eft point pour être démentie,
Nous ajoute que Dieu fe met de la partie ;
A la voix du vainqueur le foleil obéit,
Et pour voir le fuccès, fit un jour de la nuit.
Azor, Madon, Achfaph & nombre d'autres villes,
Font pour fe foutenir des efforts inutiles;
Tout tombe, tout périt, hommes, chevaux & chars,
Sous le fer, fous le feu courent mêmes hazards:
Faute de combattans la guerre fe termine,
Et le fort donne enfin l'être à la Paleftine.
Le partage étant fait comme il fut ordonné,
Par l'ordre que Moyfe avoit pris & donné,

Josué mit un tems à bâtir des réfuges ;
Et le peuple après lui fut conduit par des Juges.
Le gendre de Caleb, le brave Othoniel,
Le premier fut nommé le Sauveur d'Israël ;
Aod qui fit paroître un courage intrépide,
Commença ses exploits par un noble homicide.
Barac sur le Thabor, marchant sous Débora,
Attaqua, mit en fuite & vainquit Sisara ;
Mais une Cinéenne assura la victoire,
Et Jahel du combat acquit toute la gloire.
Comment peut-on penser que ce peuple inconstant
A commettre le mal, soit si persévérant ?
Il a devant les yeux ces sages Réchabites *,
Observateurs des loix par un homme prescrites ;
Et lui qui doit montrer un zèle plein de feu,
Sans cesse est réfractaire aux ordres de son Dieu:
Il n'a recours à lui que lorsqu'il est victime
De l'extrême fureur d'un tyran qui l'opprime.
Qui n'admireroit pas la foi de Gédéon,
Les armes de Samgar, la force de Sanson ?

---

* Comme les Réchabites descendent des Cinéens, c'est la raison
pour laquelle je crois qu'il n'est pas déplacé d'en dire ici deux mots.

Jephté victorieux au sein de sa famille,
Qui fût contraint de perdre & d'immoler sa fille,
Et quelques-uns encor qui furent suscités,
Pour lui servir d'appui dans ses calamités?
Dois-je parler ici du crime abominable,
Par lequel Benjamin s'est rendu détestable?
Plût à Dieu qu'à jamais il fût enseveli
Dans le profond secret d'un éternel oubli!
La femme d'un Lévite en douze partagée,
Montre aux douze tribus la nature outragée;
Contre son propre sang Israël irrité,
Cherche à venger les droits de l'hospitalité:
Il attaque deux fois, & deux fois sa défaite
Honteusement l'oblige à sonner la retraite:
Dans un dernier combat funeste aux insultans,
La rebelle tribu fut réduite à six cens.
Dieu n'ayant pas voulu la faire disparoître,
L'Apôtre des Gentils, Saint Paul en devoit naître.
Le grand amour de Ruth ne doit être cité,
Que pour nous inspirer de la docilité:
Fidele à ses devoirs, c'est sa persévérance,
Qui lui fit sur sa sœur avoir la préférence,
Et rencontrer dans Booz un époux complaisant,
Qui rendit Noémi grand'mere d'un enfant,

Qui fût le rejetton de leur foi conjugale ;
Et l'ayeul du premier de la tige Royale.
Sous le Pontife Héli, le jeune Samuel
Apprit à s'approcher dignement de l'autel ;
Et chez les Philiftins l'Arche qui fut conduite,
Le fit juge après lui du peuple Ifraélite.
Les Hébreux rebutés de vivre fous la loi,
Comme les nations, demanderent un Roi :
C'eft inutilement que le Prophete expofe,
Qu'à ce honteux defir l'ordre de Dieu s'oppofe,
Leurs cris fe font entendre avec plus de hauteur ;
Samuel indigné, confulte le Seigneur.
Ce peuple eft ennemi de la théocratie,
Ce n'eft pas vous, dit Dieu, c'eft moi qu'il difgracie ;
C'eft un Roi qu'il demande, il le lui faut donner,
Saül fera fon maître, allez le couronner.
Ce prince avec refpect reçut l'ordre fuprême ;
Heureux s'il avoit fu toujours agir de même !
La fiere ambition, mere des paffions,
Fit bientôt fur fon cœur d'autres impreffions.
Agag qu'il épargna, David qu'il eut en bute,
Cent Prêtres égorgés entraînerent fa chute :
Dieu confondit l'orgueil de ce Prince élevé,
Et pour comble de maux il mourut réprouvé.

David , que Dieu lui-même appelle à la couronne ;

Regarde d'un autre œil l'éclat qui l'environne ;

Le fceptre dans fes mains n'a rien d'intéreffant ,

S'il n'a quelque rapport aux loix du Tout-Puiffant ;

Vainqueur du mont Sion , vainqueur de l'Idumée ,

Ses grandes actions paffent leur renommée ,

Et l'arche qu'il conduit dans la fainte cité ,

Ajoute un nouveau luftre à fa fidélité.

David cependant péche , adultere , homicide ,

Sa conduite fait voir qu'il faut à l'homme un guide ,

Et que les vains honneurs ne font qu'infructueux.

Tant qu'il fut opprimé, David fut vertueux :

Mais s'il a fuccombé, fa pénitence auftere

A bien fu défarmer la célefte colere ,

Puifqu'en lui pardonnant la fuprême Equité ,

Le fait de l'avenir , percer l'obfcurité ,

Lui donnant pour garant de fa pure tendreffe ,

Que de lui doit fortir l'effet de la promeffe ,

Et qu'enfin l'Efprit-Saint incapable d'erreur ,

Nous dit qu'il s'eft toujours conduit felon fon cœur.

Mais comme le pardon que le ciel nous accorde ,

Ne vient que d'un effet de fa miféricorde ,

Sa juftice demande une expiation ,

Qui mérite au péché fon abolition.

La parque moissonna le fruit de l'adultere :
L'incestueux Amnon fut tué par son frere,
Et ce même Absalon qui le priva du jour,
Et détrôna son pere & périt à son tour :
Enhardi par l'exemple, Adonias conspire ;
Les vains efforts qu'il fait pour monter à l'empire,
Font descendre le Roi du haut de sa grandeur,
Pour élever lui-même au trône un successeur.
Dans son fils Salomon, sage par excellence,
Il parut tant de gloire & de magnificence,
Qu'il sembloit que les Rois n'avoient à desirer
Qu'à quitter leurs Etats pour venir l'admirer.
Ce temple mis au rang des merveilles du monde,
Fut un des plus beaux traits de sa vertu profonde ;
Et dans tout l'univers ce fameux jugement
Fit briller sa sagesse & son discernement :
C'est peu de commencer, c'est la fin qui décide.
Enivré des grandeurs & des plaisirs avide,
Le miroir des vertus, le plus sage des Rois,
Des folles passions succombe sous le poids ;
Pour suivre un faux penchant, du ciel il perd la route,
Et ne laisse après lui sur son salut qu'un doute.
Juda, vous Benjamin, vous prêtates les mains
Pour mettre Roboam au rang des Souverains.

Vos freres moins foumis de vous fe fepareent ;
Et fous Jéroboam dix tribus fe rangerent.
Fatal aveuglement, trifte divifion,
Que tu vas coûter cher à la religion !
Tu vas précipiter l'ingrate Samarie
Dans l'erreur des faux dieux & de l'idolatrie.
Dieu feint de ne pas voir l'abus de fes bontés ;
Quand il devroit punir tant d'infidélités ;
Il va leur envoyer des Prophetes fans nombre,
Du Meffie attendu, qui ne feront que l'ombre.
Elie offre à fon Dieu l'odeur d'un pur encens ;
Il ranime les morts, commande aux élémens,
D'Achab, de Jéfabel il immole les Prêtres
A qui Baal tenoit lieu du dieu de leurs ancêtres.
Témoin d'un char ardent qui le tranfporte aux cieux,
Elifée après lui fait la guerre aux faux dieux,
Et tout ce qu'il opere au fein de fa patrie
Ne produit fon effet qu'au fond de la Syrie *.
Après tant de faveurs, loin de crier merci,
Dans fon crime Ifraël en eft plus endurci ;
Dieu n'entend point fouffrir que fans ceffe on le brave,
C'en eft fait, pour un tems il va le rendre elclave.

---

* Guérifon miraculeufe de Naaman.

Mais qu'on ne penfe pas qu'il refte fans fecours,
En puniffant fon crime il veille fur fes jours ;
Il eft une famille à lui feul attachée :
Sa fageffe fait choix du jufte Mardochée,
Qui fait monter Efther fur un trône étranger * ;
D'Aman, pour éviter le funefte danger.

Toujours prêt à chanter fes auguftes louanges,
Tobie eft confolé par la voix de fes Anges,
Et malgré des excès qui vont jufqu'au mépris,
Il n'abandonne point ceux qu'il a tant chéris.

Les Juifs, qui font certains de mille autres miracles,
N'en font pas plus foumis à la foi des oracles ;
D'un temple redoutable indignes poffeffeurs,
Leurs Rois font moins des Rois que des profanateurs :
J'en excepte pourtant Ezéchias fidele,
Jofias pour fon Dieu toujours rempli de zèle,
Et quelques-uns encor dans fon dénombrement,
Que l'Efprit-Saint n'a pas nommés fi clairement.

Des prodiges fans fin, d'étonnantes merveilles,
Eblouiffent leurs yeux & frappent leurs oreilles ;

** Efther étoit de la tribu de Benjamin, & le haut rang où elle
a été élevée, me fait préfumer que fi elle a eu de la poftérité,
elle n'eft jamais revenue à Jérufalem.

L'aſtre éclatant du jour qui revient ſur ſes pas ;
D'Ezéchias mourant retarde le trépas ;
L'intrépide Judith, cette femme accomplie,
Décapite Holoferne & ſauve Béthulie ;
Dans une même nuit l'Ange exterminateur
De cent mille guerriers terraſſe la valeur.
Le Prophete Jonas eſt la vive peinture
De la mort du Sauveur & de ſa ſépulture,
Tous les autres d'accord ſur ſon avenement
Ne ceſſent de parler d'un tel évenement.
Une Vierge enfantra, nous annonce Iſaïe ;
Fut-il rien de plus clair que cette prophétie ?
Tout le reſte eſt rempli des traits ingénieux
D'un homme dont l'hiſtoire a paſſé ſous les yeux ;
Il rapporte les nom, les lieux, les dépendances,
Sans oublier un mot des moindres circonſtances :
Du temple, de la ville il prévoit les débris,
Et de tout ce qu'il dit la mort ſera le prix.
Je ne finirois pas de raconter les crimes
Qui priverent du jour tant d'illuſtres victimes :
Diſons plutôt que Dieu, laſſé de pardonner,
A leurs malheureux ſort va les abandonner.
Nabuchodonoſor entré dans la Judée,
Transfere ſes enfans au fond de la Chaldée,

Pille & brûle le temple, enleve ſes tréſors,
Sans que des Juifs aucun réſiſte à ſes efforts.
Jéruſalem livrée à la force ennemie,
Ne tire que des pleurs des yeux de Jérémie ;
Ses murs ſont abbatus, ſes nombreux bâtimens
Ne reconnoiſſent plus leurs propres fondemens :
Dans ſa proſpérité cette ville ſuperbe
N'eſt plus qu'un vain phantôme enſeveli ſous l'herbe.
Et celle qui ſe vit l'effroi des nations,
Eſt le réduit affreux des ours & des lions.
Les deux yeux arrachés, conduit à Babilone,
Sédécias vaincu meurt ſans ſceptre & ſans trône ;
Comme lui ſes ſujets, dans la captivité,
Vont ſoixante & dix ans pleurer leur liberté.
Quand de la ville ingrate il n'eſt plus de veſtiges,
Dieu chez les Chaldéens redouble les prodiges ;
Porté d'un vol rapide aux hautes régions,
L'eſprit d'Ezéchiel eſt plein de viſions.
Trois enfans au milieu d'une ardente fournaiſe,
Des flammes reſpectés, reſpirent à leur aiſe.
Le jeune Daniel, d'un ſeul de ſes regards,
Et délivre Suſanne & confond les vieillards,
C'eſt trop peu d'expliquer, il devine les ſonges,
Et des vains enchanteurs diſſipe les menſonges ;

De la foſſe aux lions, qu'il habite deux fois,
Il ſort en béniſſant le nom du Roi des Rois:
Voulez-vous du Sauveur des preuves plus qu'humaines?
Il paroîtra, dit-il, dans ſeptante-ſemaines,
Dans un tems, dans deux tems & la moitié d'un tems;
C'eſt le même langage en termes différens.
Nabuchodonoſor, enflé de ſes conquêtes,
Pendant ſept ans entiers eſt mis au rang des bêtes.
Baltazar ſur un mur voit tranſcrire une main,
Nul ne peut à ces mots donner un ſens certain;
Il mande le Prophete à la fête publique,
C'eſt l'arrêt de ſa mort que Daniel explique;
Arrêt dans peu de tems qui fut effectué,
Puiſque la même nuit Baltazar fut tué.
Sous le Mede vainqueur Babilone eſt réduite;
Elle change de maître, & lui non de conduite.
Il montre au Roi des pas ſur la cendre tracés,
Renverſe le dieu Bel, foule l'idole aux pieds;
Au dragon formidable il arrache la vie,
Et ne redoute rien des fureurs de l'envie.
Les Juifs défigurés, pâles & languiſſans,
Font retentir les airs des cris les plus touchans;
Toujours les yeux fixés vers leur chere demeure
De leur heureux départ ils n'attendent que l'heure.

Banniſſez le chagrin, cette heure va venir,
J'entens nommer Cirus, vos malheurs vont finir;
Il fait qu'il eſt écrit que votre délivrance
Doit tenir ſon ſuccès de ſa pleine puiſſance;
Il s'eſt fait rapporter tous les faſtes paſſés:
Partez, il vous l'ordonne, allez, obéiſſez.
Quel changement ſoudain! au lieu de la triſteſſe,
Par-tout ce ne ſont plus que des cris d'allégreſſe,
On voit Zorobabel qui le ramene tous;
Et malgré les efforts de leurs voiſins jaloux,
Le ſabre d'une main, de l'autre la truelle;
On rebâtit les murs d'une ville nouvelle;
D'un ſaint zele animés, prêts à livrer combat,
Le ſoldat eſt maçon, le manœuvre eſt ſoldat.
On reconſtruit un temple, on fait les ſacrifices,
On offre à Dieu l'encens ſous ſes ſacrés auſpices;
A force de travail, à force de vigueur,
Jéruſalem reprend ſa premiere ſplendeur.
Ce fameux conquérant, ce vainqueur de la terre,
Qui porte devant lui le flambeau de la guerre,
Sous ſon rapide joug qui ſoumet tous les Rois,
Alexandre reſpecte & ſon culte & ſes loix:
Il ne lui ravit point l'honneur du diadême,
Mais de ſes ſucceſſeurs il n'en eſt pas de même,

A peine fous fes toits le Juif eft raffemblé,

Qu'il eft plus que jamais d'ennemis accablé ;

Il voit de toutes parts fes forces abforbées,

Quand, fur le haut des monts, les vaillans Machabées,

Un pere & quatre enfans du même amour épris,

Préfentent la victoire à fes regards furpris.

Judas, à qui Moyfe a remis une épée,

Fait voir du fang impur qu'elle eft déjà trempée :

Ce généreux foldat hazarde & brave tout,

De ce qu'il entrepred fon efprit vient à bout:

Des Romains il a foin de briguer l'affiftance,

Rome fe fait honneur d'une telle alliance ;

Il met Jérufalem fous fa protection,

Et couronne en mourant la grandeur de fon nom.

Simon, dont la valeur n'eft pas moins furprenante,

Répand dans les combats la crainte & l'épouvante,

Un méchant qui commet des crimes inouïs,

Qui fait écorcher vifs une mere & fept fils,

L'impie Antiochus, ce monftre abominable,

Eprouve de fon bras le courage indomptable ;

Il apprend que des fiens le nombre eft le moins fort,

Preffé de leur mener promptement du renfort,

Il tombe de fon char, fe brife, fe fracaffe,

C'eft envain que du ciel il implore la grace ;

Comme

Comme il n'eſt repentant que de ſe voir vaincu,
Ce fameux ſcélerat meurt comme il a vécu.
Après tant de travaux, après tant de victoires,
Qui font le fondement de nos ſaintes hiſtoires,
Que l'Eſprit-Saint lui-même a pris ſoin de dicter,
Pour nous donner ſujet de pouvoir méditer,
Nos braves généraux, aux dépens de leur vie,
En réparant les torts qu'à fait naître l'envie,
Et terminant leurs jours les armes dans leurs mains,
Laiſſent Jéruſalem aſſervie aux Romains.

CHANT TROISIEME.

Les tems font arrivés , le Soleil de juftice
Vient éclairer le monde , & confondre le vice ;
La figure fait place à la réalité ,
Pour mener les mortels à l'immortalité ;
Par l'effet merveilleux de fon pouvoir fuprême ,
Le Dieu qui fit la chair va s'incarner lui-même ;
La terre va jouir du partage des cieux ,
Et les foibles humains feront comme des dieux.
Une Vierge conçue au fein de l'innocence ,
A l'auteur de fes jours va donner la naiffance ,
Et malgré le progrès de fa fécondité
Elle ne perdra rien de fa virginité.
O tendreffe infinie ! ô prodige ! ô myftere !
L'immenfe , l'éternel veut avoir une mere ,
Et cet Etre, abfolu fous qui tout eft foumis ,
Dependant à fon tour, veut fe nommer fon fils ;
Mais pour que fa vertu ne porte aucun ombrage ,
Dans les nœuds de l'Hymen il veut qu'elle s'engage ,
Et que le fang Royal , & le fang de Lévi ,
A remplir ce deffein concourent à l'envi.

Comme il doit réunir le sceptre au sacerdoce,

D'un pauvre charpentier l'on célebre la noce;

Joseph est honoré du nom de son époux,

Et ce pere apparent du vrai pere de tous,

Rassuré sur un fait qui n'eut jamais d'exemple;

En gardant ce dépôt, garde un Dieu dans son Temple;

L'Esprit-Saint qui préside à cet événement,

En est & le principe & l'accomplissement.

Le fidele courier du cabinet céleste,

Gabriel à ses yeux déjà se manifeste,

Et du verbe incarné sa salutation

Annonce le mystere & l'opération :

Pour donner à Marie une preuve sensible

Que Dieu ne résoud rien qui ne lui soit possible,

Il dit qu'Elisabeth, hors d'état d'en avoir,

Est enceinte d'un fils qui fait tout son espoir.

La Vierge à ce discours à l'oreille attentive,

Surprise, & néanmoins pleine d'une foi vive,

Deux mots font sa réponse à cet ambassadeur :

Elle lui dit, je suis servante du Seigneur,

Qu'il m'arrive & soit fait selon votre parole;

L'Archange au même instant disparoît, il s'envole,

La laissant dans son cœur de plaisir agité,

Réfléchir mûrement sur cette vérité,

Qui lui fit compofer ce fuperbe cantique,
Dont nous avons Saint Luc pour garant authentique.
D'un fi rare bienfait, loin de fe prévaloir,
Sa coufine l'occupe ; ardente à l'aller voir,
Sa tendreffe conduit fes pas chez Zacharie ;
Auffi-tôt qu'elle parle, Elifabeth s'écrie :
Quel bonheur imprévu vous amene en ce lieu ?
Vous fource du vrai bien ! Vous mere de mon Dieu !
Au fon de votre voix, dans fa demeure obfcure,
Mon fils a reconnu l'auteur de la nature ;
Adorable tranfport ! beau treffailliffement,
Qui de Jean fit un Saint dans le même moment !
Marie, après trois mois que dura fa vifite,
De bénédictions qui ne fut qu'une fuite,
Laiffa pour accoucher fa chere Elifabeth,
Et reprit le chemin qui mene à Nazareth.
Pour montrer qu'il n'eft rien que la grace n'opere,
Jean redonne en naiffant la parole à fon pere,
Qui confole Ifraël, en faifant éclater
Les merveilles d'un Dieu qui vient le racheter ;
A peine de marcher, l'enfant a-t-il l'ufage,
Que de la pénitence il fait l'apprentiffage ;
Il quitte fa famille, & d'une peau couvert,
Il s'en va méditer dans le fond d'un défert,

En faifant à fon corps une cruelle guerre,
Les vérités qu'il doit révéler à la terre.
Ainfi que le foleil, la nature a fon cours,
Le terme de la Vierge approche tous les jours.
Il arrive, Ephrata * reçoit dans fon enceinte
Le verbe revêtu d'une humanité fainte.
Peuples, qui foupirez après la vanité,
Il vous apprend qu'il faut aimer l'humilité :
Au plus fort de l'hiver, une crèche, une étable,
Sont le lit, le palais de ce Roi refpectable.
Cent fois heureufe nuit dont l'aimable fplendeur,
Vient de nous procurer un fi grand Rédempteur !
Heureufe hôtellerie, où le concert des Anges,
Fait retentir les airs du bruit de fes louanges !
Par la grace éclairés, les Bergers d'alentour
Viennent lui témoigner l'excès de leur amour ;
Du bout de l'Orient, conduits par une étoile,
De l'Enfant nouveau né, trois Rois percent le voile ;
Profternez à fes pieds, l'or, la mirrhe & l'encens,
Tout dit que c'eft un Dieu qui reçoit leurs préfens.
Pour accomplir la loi, pour la rendre parfaite,
Il fe fait circoncire, il veut qu'on le rachete,

---

* Ephrata & Béthléem, c'eft la même chofe.

Et qu'une mere pure, éxempte de péché,
Pour lui donne le prix au feul crime attaché.
Dès qu'il paroît au temple, Anne la prophéteffe,
Exhale les tranfports d'une fainte allégreffe;
Le vieillard Siméon, qui le tient dans fes bras,
Content de l'avoir vu, demande le trépas.
Hérode, il ne vient point t'enlever ta couronne,
Il eft maître des cieux & c'eft-là qu'il les donne:
Pourquoi donc formes-tu le barbare deffein
De lui faire plonger un poignard dans le fein ?
Jofeph, oppofez-vous à cet arrêt févere,
Conduifez en Egypte & le fils & la mere.
Quoi ! dans Bethléem déjà les ordres font donnés
De faire maffacrer les mâles nouveaux nés :
Je n'entens, je ne vois que des femmes errantes,
Difputer aux bourreaux ces victimes fanglantes;
Déteftable pitié, meres que faites-vous ?
Préfentez fans regret vos enfans à leurs coups,
Laiffez de ces tyrans agir la barbarie ,
Leur conferver le jour, c'eft leur ôter la vie.
Mais quand je penfe à ceux dont defcend le Sauveur,
Je ne puis m'empêcher de dire, ô profondeur !
Voyant dans Betfabée une femme adultere,
De Pharés dans Thamar & la fœur & la mere:

Ces crimes que la loi condamne à tous égards!
Si d'un autre côté je porte mes regards,
Je vois dans Roboam le fils d'un Ammonite,
Rahab fut débauchée & Ruth fut Moabite ;
Il est encor issu d'Achab, de Jésabel,
Par les chiens dévorée au champ de Jesraël ;
Et de cette Athalie à la porte du temple,
Que Dieu fit massacrer pour nous servir d'exemple ;
Ce qui nous prouve assez que les secrets divins
Ont toujours à nos yeux caché de grands desseins.
Puisqu'il a des pécheurs tiré son origine,
De l'horrible péché pour causer la ruine.
D'une source bourbeuse il a lustré les eaux,
En les faisant couler par différens canaux
Jusques dans le bassin de la pureté même,
Pour nous régénérer sur les fonds du baptême.
La Vierge cependant, par un ordre d'en haut,
S'éloigne de l'Egypte avec son cher dépôt,
Et dans l'obscurité de son humble chaumiere,
Conduit chez son époux l'auteur de la lumiere:
Là, dans la pauvreté, Jésus, cet homme Dieu,
Est élevé, nourri comme un enfant du lieu.
A l'age de douze ans il se présente au temple,
Où sa sagesse fait que chacun le contemple ;

Assis au milieu deux, il répond aux docteurs,
Leur apprend la façon de réformer les mœurs,
Et revient sous les yeux de sa divine mere,
Obéir à Joseph qui passe pour son pere,
Et pendant dix-huit ans, le tariere à la main,
Comme un vil ouvrier lui fait gagner son pain.
Du Patriarche enfin la derniere heure approche,
Comme il mene une vie éxempte de reproche,
D'un œil sec & tranquille il sent venir la mort.
Fut-il jamais au monde un plus glorieux sort ?
Joseph, en attendant la célefte patrie,
Expire entre les bras de Jéfus & Marie.
Affez & trop long-tems dans ce vafte univers,
La vérité gémit fous le poids de fes fers;
Jéfus qui dans fon cœur entend fa voix plaintive,
Va mettre en liberté cette aimable captive;
Pour donner de la force à fes divins difcours,
Du miracle il a foin d'emprunter le fecours,
Et l'eau qui prend du vin le goût & la fubftance,
Eft le premier effai de fa toute-puiffance.
Déjà dans fon défert notre faint précurfeur
Publie à haute voix ce grand libérateur;
Il vient fur le Jourdain conférer le baptême,
Jéfus par le Prophete eft baptifé lui-même;

C'eft pour lors qu'étonné, ftupéfait, interdit,
Jean s'adreffant au peuple, & s'écrie & lui dit,
Voici l'agneau de Dieu qui difpenfe la grace,
Qui remet les péchés & qui feul les efface.
Jean prêche catéchife, inftruit fes auditeurs
A faire pénitence, il difpofe leurs cœurs,
Et dans ce champ vivant qu'il cultive, en doctrine,
Répand à pleines mains la femence divine.
Notre divin Sauveur n'a d'autre paffion,
Que celle de remplir fa fainte miffion :
Il quitte le Prophête, & dans la Galilée,
Commence à fe fonder une école réglée ;
Sur le bord de la mer il voit quelques pêcheurs
De fatigue excédés, les yeux baignés de pleurs,
Sans dire ce qu'il eft, fa conduite l'explique.
Ils jettent le filet à l'endroit qu'il indique,
Et le nombre infini qu'ils prennent de poiffons,
Pour les tirer à lui vaut autant d'hameçons ;
Ils l'adoptent pour Maître & brûlent de le fuivre ;
Ce n'eft plus que pour lui qu'ils ont deffein de vivre,
Ils quittent leurs parens, leurs barques, leurs filets,
Contens d'être engagés eux-mêmes dans fes rets :
Pierre, André, Jacques, Jean, Thomas avec fept autres,
Compofent fon collége & forment fes Apôtres ;

Sa bonté les aggrége à ses preſſans travaux ?
Comme il n'eſt occupé qu'à ſoulager nos maux,
Pour répandre ſes dons ſur tout tant que nous ſommes ;
Il leur promet d'en faire autant de pêcheurs d'hommes.
Il éduque, il inſtruit ces douze eſprits groſſiers,
De l'auſtere vertu leur montre les ſentiers ;
Il les prêche d'exemple autant que de paroles,
Et leur oûvre le ſens des ſaintes paraboles ;
Tantôt c'eſt un figuier qui ne porte aucun fruit,
Tantôt c'eſt un voleur qui vient pendant la nuit ;
Tantôt c'eſt la brebis du bercail égarée,
Tantôt c'eſt de ſon cep la branche ſéparée ;
C'eſt un juge qui cede à l'importunité
D'une veuve qu'il fait dans la calamité ;
C'eſt une ample moiſſon dont il voit l'abondance ;
Là c'eſt l'Enfant Prodigue, ici c'eſt la ſemence ;
Un maître qui fait prix avec des ouvriers,
Dont le dernier reçoit autant que les premiers ;
Ce ſont devant l'époux des Vierges épurées,
Et d'autres qui n'ont point leurs lampes éclairées ;
C'eſt encor cet époux, qui dès le grand matin,
Invite par ſes gens, ſes amis au feſtin,
Et qui honteuſement fait chaſſer de la ſalle
Un convive introduit ſans robe nuptiale.

Demandez , leur dit-il , & l'on vous donnera;
Cherchez, vous trouverez , frappez on ouvrira ;
Il leur dicte & prescrit une courte priere,
Par laquelle il permet qu'ils nomment Dieu leur pere:
A leur tête il franchit les villages, les bourgs,
Les grottes, les hameaux, les villes , les fauxbourgs ;
Répand dans chaque endroit le fruit de ses oracles,
Et laisse sur ses pas la trace des miracles.
Il rend l'oreille aux sourds , il guérit les lépreux,
Fait parler les muets , redresse les boiteux ,
Ouvre les yeux d'un homme aveugle de naissance,
De marcher librement, donne aux perclus l'aisance,
Ressuscite les morts pourris dans les tombeaux,
Fait entrer les démons dans le corps des pourceaux;
Délivre un possédé de leur dur esclavage ,
D'un monstre qu'il étoit, en fait un homme sage ;
Et prodigue, en un mot, tellement ses bontés ,
Que c'est par ses bienfaits que ses jours sont comptés.
Aux disciples de Jean, qui viennent pour s'instruire ,
Il répond qu'il n'a rien autre chose à leur dire ,
Sinon qu'ils peuvent voir les miracles qu'il fait,
Et juger sainement des causes par l'effet.
Leur maître, qui ne peut déguiser sa pensée ,
Veut reprendre Hérodiade , elle en est offensée;

Rien n'eſt ſi dangereux que le ſexe irrité,
Elle jure ſa perte , il meurt décapité.
Notre divin Sauveur pourſuit ſon entrepriſe ,
S'occupe jour & nuit du ſoin de ſon égliſe ;
Pour ſoutenir le poids de ce grand bâtiment,
Il ordonne que Pierre en ſoit le fondement,
Et pour le garantir des traits de l'adverſaire ,
Se met lui-même au rang de la pierre angulaire.
Au centre du déſert par le Diable tenté,
D'un ſeul mot il confond cet eſprit révolté ;
Il parcourt l'Idumée , apprend à Samarie ,
Qu'il eſt le même Dieu dont elle fut chérie :
De marcher ſur les eaux en voulant eſſayer,
Pierre ſans ſon ſecours eſt prêt à ſe noyer ;
Sur ſon auguſte ſein ſon bien-aimé repoſe,
Des ſecrets de ſon cœur ce diſciple diſpoſe ;
Il improuve le Scribe & le Phariſien ,
Qui ſous un faux dehors trompe les gens de bien,
Et le fouet à la main d'une œil dur & ſévere ,
Il fait faire honorer la maiſon de ſon pere ;
Il briſe les comptoirs , il chaſſe les vendeurs ,
Diſperſe leur argent , les traite de voleurs ;
Il ne raiſonne point comme l'homme raiſonné ,
Il ne fait aucun cas de ſa propre perſonne ;

Mais il fait faire entendre aux fragiles humains
Qu'ils doivent rendre à Dieu les honneurs souverains,
Sans enfreindre la loi dans ce qu'elle a d'auftere,
Il remet les péchés de la femme adultere,
Et fait affez entendre à fes accufateurs
Qu'ils voudroient le trouver en faute dans fes mœurs,
Pour enfeigner le peuple il va fur la montagne,
Sans boire ni manger, la foule l'accompagne ;
Après avoir appris à ce concours nombreux
Ce qu'il faut pratiquer pour devenir heureux,
Il lui fait un portrait de ce jour redoutable,
L'efpérance du jufte & l'effroi du coupable,
Où, l'ame ayant rendu la vigueur à fon corps,
Il doit venir juger les vivans & les morts ;
Et comme il s'apperçoit qu'il eft fans nourriture
Il lui fait voir qu'il fait commander la nature.
On trouve par hafard deux poiffons & cinq pains,
Il les prend, les bénit; dans fes divines mains
Ces foibles alimens fi bien fe multiplient,
Qu'on en donne à cinq mille & tous fe raffafient,
Ses difciples préfens, font furpris les premiers,
De voir que le reftant emplit douze paniers.
Son travail affidu ne laiffe rien en friche,
Pour figurer l'enfer il donne un mauvais riche;

Il met le ciel à prix par cent comparaiſons ,
Et rend de ce qu'il dit de ſolides raiſons ;
Nous devons arracher l'œil qui nous ſcandaliſe ,
C'eſt ainſi qu'en tout tems ſa bouche moraliſe ,
Avec un œil de moins , le royaume des cieux ,
Vaut beaucoup mieux , dit-il , que l'enfer avec deux.
Il mange chez Zachée & l'appelle à la grace ,
Pour vaincre les pécheurs il n'eſt rien qu'il ne faſſe ;
Dans toute la Judée il n'eſt pas un ſeul lieu
Qui n'entende annoncer la parole de Dieu.
D'avoir touché ſa robe une femme eſt guérie ,
Il veut que Marthe prenne exemple ſur Marie ,
Il peint la charité dans un Samaritain ,
Propoſe pour modele un humble Publicain :
Il admire la foi de la Chananéenne ,
Celle du Centenier , l'amour de Madeleine ;
Qui ſans ménagement chez Simon le lépreux ,
De ſes égaremens par un aveu honteux ,
Se proſterne à ſes pieds , y dépoſe ſes charmes ,
Les parfume de nard , les baigne de ſes larmes ;
Des ornemens mondains prompte à ſe détacher ,
Défriſe ſes cheveux , s'en ſert pour les ſecher ,
Devant ſes bien-aimés ſon corps ſe transfigure ,
Et leur fait voir des traits de ſa double nature ;

Il annonce par-tout que fon joug eft léger,
Qu'on marche fur fes pas fans courir de danger,
Qu'il eft le bon Pafteur, que dans fa bergerie
Le loup s'efforce envain d'exercer fa furie ;
Son amour exceffif ne paroît empreffé
Qu'à ramener à lui fon troupeau difperfé :
Il prêche, il endoctrine, il promet, il invite,
Il engage, il confole, il preffe, il folicite,
Et fait tout ce qu'il doit pour le conduire au port.
Quel fera donc le prix de tant de foins ? la mort !
Oui, la mort, & la mort d'un Dieu fous qui tout plie,
L'écriture autrement ne feroit pas remplie.
Les docteurs de la loi, de fon fang altérés,
Ne feront point contens qu'ils n'en foient enivrés;
Il a trop condamné les mœurs Pharifaïques,
Repris ouvertement leurs vertus chimériques ;
Il les a trop nommés des fépulchres blanchis,
Sous la couleur de l'or de clinquant enrichis,
Qui ne font au dedans que menfonge, impofture,
Dégoût, infection & fale pourriture.
Sur la foi d'un prodige ils font à concerter
Le damnable deffein de le faire arrêter !
Sous des termes cachés, par fa vertu divine,
Du temple de fon corps il prédit la ruine,

Et comme il veut encor les fortir d'embarras,

Il les fait fouvenir du Prophete Jonas;

Par cet éxemple feul, leur donnant à comprendre

Que dans trois jours la terre aura foin de le rendre.

Qu'on ne s'y trompe pas, s'il meurt c'eſt qu'il le veut,

En qualité de Dieu ce qu'il veut il le peut.

Malgré tous leurs efforts & leur fcélératefſe,

Cinq jours avant fa mort, monté fur une âneſſe,

Dans la ville il parvint, touché de fes malheurs,

Il ne peut s'empêcher de répandre des pleurs;

Le peuple le reçoit avec des cris de joie,

Devant ce nouveau Roi fon amour fe déploie;

Et pour à fon triomphe ajouter des lauriers,

Les chemins font couverts de branches de palmiers.

De retour chez les fiens, fi bas il s'apprécie

Qu'il leur lave les pieds, les baife, les eſſuie,

Leur dit de fuivre entr'eux cet éxemple en tout tems;

Dans l'établiſſement des divins Sacremens,

Il leur donne pouvoir de lier & d'abfoudre,

Remèttre les péchés, propofer & réfoudre;

Il leur dit qu'il les quitte, & voyant leur douleur,

Leur promet après lui l'efprit confolateur.

Il interroge Pierre avec un foin extrême,

Par trois diverfes fois lui demande s'il l'aime;

Pour

Pour n'être pas des loups par la gueule ravis,

Il lui donne à garder ses agneaux, ses brebis ;

Et pour la préserver de la moindre surprise

Remet entre ses mains les clefs de son Eglise.

Après s'être acquitté de ses soins généreux,

Et rempli les devoirs de la Pâque avec eux ,

De son fidele amour il leur donne pour gage

Son corps en nourriture & son sang en breuvage ;

Leur permet d'en user autant qu'ils le pourront ,

Et d'en disposer même autant qu'ils le voudront ;

A la fin du repas sa main les communie,

Et Judas le trahit , & Pierre le renie :

Pour dire en peu de mots le sort qui les attend ,

Pierre pleure, & Judas de désespoir se pend ;

Quoiqu'il soit averti, nul remords ne le touche,

Le crime au fond du cœur & son Dieu dans la bouche,

Il court le vendre aux Juifs, termine le marché,

Et pour trente deniers consomme son péché.

Jésus, le cœur percé des douleurs les plus vives,

S'en va prier son Pere au jardin des Olives,

D'éloigner, s'il se peut, ce calice de lui,

Que la chair a besoin de son puissant appui ;

Que cependant en tout sa volonté se fasse.

La chaleur de son sang dans ses veines se glace ;

E

Quand il voit arriver celui qui l'a trahi,
Il l'embraſſe, lui parle & le traite d'ami ;
Cette parole ſeule auroit dû le confondre,
C'eſt encôr une grace, & bien loin d'y répondre,
C'eſt ce tendre baiſer qui le fait criminel,
Et qui rend aux enfers ſon ſupplice éternel.
Les Juifs n'ont plus au cœur qu'une rage inhumaine ;
L'amour chez ces ingrats a fait place à la haine,
Et ceux qui l'ont fait Roi, ceux qu'il vouloit ſauver,
Sont ceux dans ce jardin qui viennent l'enlever ;
Sa bouche, d'un ſeul mot, renverſe la cohorte ;
Il laiſſe relever l'impitoyable eſcorte,
Et plus doux qu'un agneau n'eſt devant le tondeur ;
Il ſe livre lui-même à toute leur fureur.
Faut-il renouveller cette tragique hiſtoire ?
Après l'avoir conduit de prétoire en prétoire,
Caïphe, le grand Prêtre, enflammé de courroux,
Dit qu'il eſt à propos qu'un périſſe pour tous :
Il lui manque l'eſprit de voir qu'il prophétiſe ;
Son avis eſt ſuivi, le peuple l'autoriſe ;
Pilate étoit pour lors Gouverneur des Romains,
L'activité des Juifs le met entre ſes mains ;
Ce juge l'interroge, & charmé de l'entendre,
De le croire innocent il ne peut ſe défendre ;

Il leur fait fon rapport de ce qui s'eft paffé,
Heureux qu'il eût fini comme il a commencé!
Plus il lave fes mains, plus il le juftifie,
Et plus le cri des Juifs veut qu'on le crucifie;
Il le fait flageller, leur montre en cet état;
Ils ne font point contens d'un pareil attentat:
Il veut leur délivrer pour le jour de la fête;
Barrabas leur fuffit, du Chrift il faut la tête;
Il la donne, & touché d'un repentir fecret,
On voit que ce qu'il fait, il le fait à regret.
Il s'eft dit fils de Dieu, voilà donc tout fon crime?
Mais s'il l'eft en effet par un droit légitime,
S'il l'eft avant de naître & depuis qu'il eft né,
Barbares Juifs, pourquoi l'avez-vous condamné?
Répondez, ou pleurez ce crime abominable,
Tel grand qu'il foit, il eft encore pardonnable.
Mais non, votre fureur ne trouve du plaifir,
Qu'à vouloir contenter fon infâme defir.
Que ce féducteur meure, & pourvu qu'il périffe,
Sur nous, fur nos enfans, que fon fang rejailliffe.
Arrêtez, malheureux! du moins ne damnez pas
Ceux qui pourront un jour honorer fon trépas.
Je dois bien me garder d'entamer leurs offenfes,
Il faudroit être lui, pour dire fes fouffrances;

Ce récit douloureux furpaffe mon pouvoir,
Et je crois que fur l'arbre il fuffit de le voir.
En confervant toujours fa douceur ordinaire,
Accablé de fa croix, on le mene au Calvaire:
S'il eft dit qu'un fecond en foutient un morceau,
Il eft vrai que lui feul en porte le fardeau.
Plus il eft tourmenté, plus fon amour éclate,
A demander pardon pour cette race ingrate.
Il arrive, que dis-je? où vais-je m'engager?
Dans un torrent de pleurs mes yeux vont fe plonger;
Au fond de mon palais, ma langue embarraffée,
Ne peut pas mettre au jour cette horrible penfée!
Quoi! mon Dieu va mourir, pour qui? pour des pécheurs!
Mais encore comment? au milieu des voleurs!
Périr fur un gibet, ô tendreffe infinie!
Puis-je vous refufer le refte de ma vie?
Tranfpercé, fufpendu, d'épines couronné,
A l'exception d'un des fiens abandonné,
Il fe fent dévoré par une foif ardente:
Du fiel dans du vinaigre eft ce qu'on lui préfente;
Il n'en peut foutenir l'infupportable odeur.
Mais quel nouveau prodige? un infigne voleur,
Qui n'a de fes travaux aucune connoiffance,
Confeffe fes péchés, vient à réminifcence;

Reprend fon compagnon quand il veut l'infulter,
Lui demande inftamment qu'il puiffe mériter
Que fon nom foit toujours gravé dans fa mémoire
Le jour qu'il entrera triomphant dans fa gloire.
Il le regarde & dit, en éxauceant fa foi,
Dans le ciel aujourd'hui vous ferez avec moi.
Peut-il mieux des pécheurs ranimer l'efpérance?
Il n'excite pas moins à faire pénitence,
Sans penfer qu'un inftant fuffit pour bien finir;
C'eft rifquer de l'attendre, il faut le prévenir.
Les yeux fixés au ciel, il s'adreffe à fon pere,
Après quoi, les tournant vers fa dolente mere
Pour la remettre aux foins de Jean fon bien-aimé;
Il expire en difant, que tout eft confommé.
Mere de l'univers, mere pleine de charmes,
Mere d'affliction, mere fondante en larmes,
Il vous étoit gardé, ce tertible moment,
Pour fentir les douleurs de votre enfantement.
Un foldat effréné le perce d'une lance,
Le fang avec de l'eau coule en pleine abondance;
La tache étoit bien noire & pénible à lever,
Puifqu'il a tant fallu de fang pour la laver!
Le foleil s'obfcurcit, ainfi que les étoiles.
La nuit couvre en plein jour la terre de fes voiles,

La lune eſt ſans lumiere, & tous les élémens
Retentiſſent du bruit de leurs gémiſſemens,
Devant le Saint des Saints le voile ſe déchire,
Et le mort ranimé, ſouffre, pleure & ſoupire;
L'homicide commis dans la divinité,
D'un deuil univerſel remplit l'immenſité;
Et l'homme qui devroit être le plus ſenſible,
Eſt le ſeul qui s'acharne à ſe rendre infléxible.
Son corps dans le rocher eſt mis dans un caveau,
D'une peſante pierre on couvre le tombeau:
Les Juifs la font ſceller, l'entourent d'une garde,
De peur qu'à l'enlever quelqu'un ne ſe hazarde;
Triſte endurciſſement, folle précaution!
C'eſt elle qui fera leur condamnation:
Dans leur aveuglement s'ils ne l'avoient point priſe,
Ils auroient moins de tort dans la faute commiſe.
Son ame deſcendue au centre des enfers,
Après que des captifs elle a briſé les fers,
Vient le troiſieme jour, ſuivant notre créance;
Redonner à ſon corps l'éternelle exiſtence.
Les gardes tous tremblans de ce coup imprévu,
Rapportent aux docteurs ce que leurs yeux ont vu;
Au lieu de recevoir cette grace invitante,
Capable de toucher l'ame la moins fervente,

Ces tigres aux foldats qui les vont avertir,
Préfentent de l'argent pour les faire mentir.
Dites que vous dormiez! quel étrange folie
De donner pour témoins une garde endormie!
Si vous dormiez, comment voulez-vous nous prouver
Que les fiens , dites-vous, font venus l'enlever ?
Juifs, c'eft vous qui dormez; ce groffier artifice
Ne fert qu'à dévoiler votre aveugle malice.
Trois femmes dont l'amour ne s'eft point rallenti,
Prennent de l'embaumer le généreux parti ;
Elles vont au fépulchre, au lever de l'aurore,
Dans le fatal efpoir de l'y trouver encore;
Pour les récompenfer de leur fidélité,
Un Ange leur apprend qu'il eft reffufcité.
Pierre & Jean, au récit de l'heureufe nouvelle,
Courent au monument pleins d'ardeur & de zèle,
Entrent dans le caveau, vifitent le cercueil,
Et ne trouvent dedans que les bris du linceuil.
Pour la premiere fois, fous fa figure humaine,
Son amour renaiffant fe montre à Madeleine.
Deux difciples qui font le chemin d'Emmaüs,
Accablés de douleur, de fa mort convaincus,
Pendant toute la route ont l'heureux avantage
Qu'il eft le compagnon de leur pélerinage.

Après l'avoir béni de sa divine main,
Il se fait reconnoître en leur rompant le pain.
Par le noble intérêt qu'il prend à son épouse,
Il paroît, se fait voir dans le cercle des douze.
L'incrédule Thomas n'étoit point avec eux ;
Il sait qu'il a douté de ce trait merveilleux,
Huit jours précis après on le voit reparoître,
Pour convaincre Thomas qu'il est vraiment son Maître
Il l'appelle, lui met ses doigts dans son côté,
Et blâme justement son incrédulité ;
L'Apôtre s'abandonne au transport qui le presse,
Et le premier de tous pour son Dieu le confesse.
Sur les bords de la mer il marche sur les eaux,
Opere encore là des prodiges nouveaux ;
Il boit & mange, & fait ce qu'il croit convenable
Pour rendre sous leurs yeux la vérité palpable.
Après avoir donné tant de marques d'amour,
De ses derniers travaux le quarantiéme jour,
Elancé dans les airs, & d'une aîle légere,
Pour aller occuper la droite de son Pere,
Ainsi que le soleil brillant & radieux,
Son corps quitte la terre & prend son vol aux cieux.

CHANT QUATRIEME.

VOILA donc à la fin les difciples fans maître,
Sous les yeux du public qui n'ofent plus paroître,
D'un peuple déicide évitant le courroux,
Ils ne favent comment échapper à fes coups ;
Dénués de fecours, épuifés de trifteffe,
La terreur de la mort augmente leur foibleffe,
Et comme ils font encor à la terre attachés,
Dans le fond du Cénacle ils fe tiennent cachés.
Du perfide Judas pour occuper la place,
On fait tirer au fort, & Mathias le remplace:
Mais, malgré tout cela, leur zele eft languiffant,
Leur crainte au moindre bruit redouble à chaque inftant,
Et du confolateur, quoiqu'ils foyent dans l'attente,
Timides à l'excès un rien les épouvante.
Tel étoit leur état, d'un vent impétueux
Lorfque le fouffle ardent fe repofa fur eux;
Quand des langues de feu, de véritables flammes,
Entrerent dans leurs cœurs pour embrafer leurs ames;
C'eft pour lors que l'on vit une noble fierté
Prendre un plein afcendant fur la timidité,

Dans le même moment ces lâches, ces stupides
Deviennent des savans, des hommes intrépides;
Ils n'étoient qu'empressés du soin de se cacher ,
Ils évitoient la mort, ils courent la chercher.
On les entend parler toutes sortes de langues ,
L'étranger est charmé d'écouter leurs harangues;
On est surpris de voir que ces fameux docteurs
A l'arbre de la croix attachent tous leurs cœurs;
Ils prêchent dans le temple, ils prêchent dans la ville ,
D'un seul coup de filet Pierre en tire trois mille,
Cinq mille furent pris encor le jour suivant ,
Et la pêche depuis ne fut qu'en augmentant
Ceux qui, d'entre les Juifs, ont horreur de leur crime
Viennent en foule offrir un encens légitime
A ce bois généreux qui brise leurs liens ,
Et des perturbateurs fait les meilleurs chrétiens.
Les nouveaux convertis reçoivent le baptême,
Des salutaires eaux par la vertu suprême;
Chacun d'eux prophétise , agit, console, instruit ;
Et de l'arbre sacré fait savourer le fruit;
Des Docteurs de la loi , l'affreuse jalousie,
Ne sait plus à quel point porter sa frénésie :
De tant d'événemens quoiqu'ils soyent stupéfaits ,
Leur fureur en devient plus forte que jamais;

Ils les font fuftiger, la Sinagogue outrée
Leur fait du divin temple interdire l'entrée ;
Tout cela ne fait rien, ils ne font occupés
Que du plaifir de voir leurs freres détrompés :
L'appareil des tourmens, l'opprobre, la menace,
Rien ne peut retenir leur courageufe audace ;
Ils n'ont d'ambition que de pouvoir fouffrir
Pour un Dieu qui pour eux a bien voulu mourir ;
C'eft en vain des prifons qu'on cherche à faire ufage ;
Sans dégrader les murs ils trouvent un paffage ;
Leurs corps dans les cachots deviennent tranfcendans,
On les trouve fermés & perfonne dedans ;
La rage, la fureur, tout devient inutile,
On les croit dans les fers, ils prêchent l'évangile ;
Du prix des biens vendus on leur porte l'argent,
Pour faire fubfifter la veuve & l'indigent ;
Ils ont foin de bannir le luxe & la molleffe,
Chez eux la pauvreté tient lieu de la nobleffe ;
Les afpirans charmés de ne rien conferver
Penfent que ce qu'ils ont c'eft une ame à fauver ;
Ils regardent les Croix que le ciel leur deftine
Comme de purs effets de la bonté divine,
Et fe veulent du mal de n'en pas mériter
Autant que leur ardeur defire d'en porter.

A ces traits vigoureux les miracles fuccédent ;
Les Apôtres n'ont rien, en revanche ils poffédent
De folides vertus, des dons furnaturels,
Qui valent beaucoup mieux que tous les biens réels :
Morts, aveugles, boiteux, lépreux, paralitiques,
Sourds, muets, tout fe fent des guérifons publiques;
La nature attentive, obéit à leur voix,
Sous l'invocation d'un Dieu mort fur la croix;
Ils ne font étonnés que d'une réfiftance,
Des Prêtres, des Docteurs, c'eft la perfévérance.
Rien ne peut ramener ces hommes pervertis,
D'erreur environnés, dans le crime engloutis;
Ils ont devant les yeux les faintes Ecritures,
Sans vouloir les fixer fur l'objet des figures :
La lumiere éblouit ces efprits factieux,
Et ne fert qu'à les rendre encor plus furieux;
Ils vont donc effayer, par un lâche homicide,
D'arrêter un torrent dans fa fougue rapide,
Vaines illufions ! inutiles efforts !
Nos héros font tout prêts à fouffrir mille morts.
Le fort en eft jetté, le courageux Etienne
Va fceller de fon fang la vérité chrétienne :
Que de force, grand Dieu! vous daignez lui donner!
Il ne s'adreffe à vous que pour leur pardonner !

Saül, loin de t'applaudir, rends grace à sa priere;
Elle te conduira bientôt à la lumiere;
Tous les secrets divins lui font à découvert,
Prêt à le recevoir il voit le ciel ouvert;
Il respecte, il bénit la main qui le lapide,
Ce généreux soldat, pour ce peuple perfide,
Ne cesse de prier & de bouche & d'esprit,
Et meurt en invoquant le nom de Jésus-Christ.
Hé bien! vous le voyez, insensés que vous êtes!
Sa glorieuse mort fait de nouveaux athletes.
Les traces de son sang font comme l'étendart
Sous lequel se rassemble un bataillon épars;
De votre cruauté méprisant l'injustice,
Ils viennent s'enrôler dans la sainte milice;
Et pensent mûrement, pour être homme de bien,
Qu'il faut se faire honneur de paroître chrétien:
Ils ne font pas contens de vouloir le paroître;
Ils le font, ils font plus, ils apprennent à l'être.
Déjà les saints Docteurs de la nouvelle loi
Dans les pays voisins ont transplanté la foi;
Dans la capacité de ses vastes limites,
La ville de Damas abonde en prosélites;
Saül en est informé, dans son bouillant transport,
Il part dans le dessein de leur donner la mort;

Par le fon, dans les airs, d'une voix qui tranfperce ;
Et l'homme & le courfier, tout tombe à la renverfe ;
Quand il entend Saül, Saül pourquoi me pourfuis-tu* ?
C'eft Jéfus qui te parle. O miroir de vertu !
Digne effet du pouvoir de la grace efficace !
Il répond, ah ! Seigneur, que faut-il que je faffe ?
A Damas j'aurai foin de te le révéler ;
Il alloit les combattre, il va les confoler.
Son cortege eft faifi d'une nouvelle crainte,
De voir que de fes yeux la lumiere eft éteinte,
Et lui n'eft raffuré que par l'impreffion
D'un Dieu qui le convie à la converfion.
A la haine des Juifs les peuples, qui s'uniffent,
Font la guerre aux chrétiens & veulent qu'ils périffent ;
Paul arrive, il s'inftruit ; du baptême altéré,
Dans la fource d'eau vive il eft régénéré.
Par le puiffant fecours de l'efprit qui l'enflamme,
Il recouvre la vue & du corps & de l'ame.
L'étonnement que caufe un prodige fi grand,
Fait dans tous les quartiers que le bruit s'en répand
On jure envain fa mort, fa prudence l'évite,
La main qui le conduit lui fait prendre la fuite ;

---

* Saül fe nommera Paul par la fuite.

Il ne doit pas périr auſſi-tôt qu'il eſt né ;
A de plus grands travaux elle l'a deſtiné.

Il revient chez les Juifs ſe montrer aux rebelles,
Protéger les chrétiens , les couvrir de ſes aîles ,
Faire publiquement l'aveu de ſes erreurs ,
Confeſſer Jéſus-Chriſt , ſa doctrine & ſes mœurs ;
Dans l'ardeur qui le preſſe , il enſeigne , il décide,
Il exhorte , il menace , il tonne , il intimide,
Et par l'enfantement d'un prodige nouveau ,
De l'égliſe naiſſante il devient le flambeau.
Humble , chaſte , prudent , ſavant , infatigable ,
Vigilant, courageux , & ſur-tout charitable ,
Paul n'a beſoin de rien , ſon travail le nourrit ,
Des Gentils occupé ſans ceſſe il leur écrit ,
Il va les viſiter , tout ce qu'il dit étonne ,
Il reprend Pierre en face & n'épargne perſonne ;
Il trouve dans Corinthe un lâche inceſtueux ,
Son éloquence en fait un homme vertueux :
Sans ſortir de ſon corps , en extaſe ravie ,
Son ame participe aux biens de l'autre vie ,
Et ne trouve de goût dans des biens ſi charmans ,
Qu'autant qu'ils deviendroit les biens de ſes enfans ,
Il fait plus , pour montrer à quel point il les aime ,
Il demande pour eux d'être fait anathême.

Blâmé, puni fans crime & de verges battu,
Son invincible cœur n'en eft point abbattu :
Plus on l'éprouve & plus fon aimable conftance
Nous fait voir que le ciel n'eft dû qu'à la fouffrance.
Dans les profondes eaux trois fois précipité,
Trois fois il en reffort, des ondes refpeété.
Jufques dans les tourmens il vifite fes freres ,
Et pour leur alléger le poids de leurs miferes,
Il leur fait voir un Dieu qui pour eux a fouffert,
Et qui s'eft de lui-même en holocaufte offert :
Il confole les uns, encourage les autres ,
Lui feul en fait autant qu'en font les douze Apôtres.
Mais quoi! fans refpeéter âge, fexe ni rang ,
Les fleuves ne font plus que des fleuves de fang :
Hommes, femmes, enfans, veuves, vieillards & vierges
Et fubiffent la mort & paffent par les verges ;
Les croix, les chevalets & les ongles de fer,
Ce que de plus affreux peut inventer l'enfer,
Tout eft imaginé pour former des fupplices ,
Qui traitent la vertu comme on traite les vices,
Dans la fainte cité les démons répandus
Veulent fapper un tronc qui les a confondus;
Le fils n'eft point touché qu'on égorge fon pere,
Le frere eft maffacré par fon injufte frere ,

L 9

Le maître, fans amour & fans compaffion,
Livre aux bourreaux l'objet de fon averfion;
Dans fa tendre jeuneffe, avec foins élevée,
La vierge, de fon fang, voit la terre abreuvée;
Le crime eft au-deffus des droits les plus facrés,
Et pour monter plus haut il manque de degrés;
De l'oncle, du neveu, du fils & de la mere,
Jérufalem n'eft plus qu'un vafte cimetiere.
Plus de ces cruautés la nature frémit,
Plus de braves chrétiens le zele s'affermit :
A voler au combat d'eux-mêmes ils s'empreffent;
Et pour un qui périt mille autres réparoiffent:
Dès qu'ils font éclairés ils pouffent des foupirs
Pour tâcher d'augmenter le nombre des martyrs;
Tous ont la même ardeur & le même courage,
Ce n'eft plus un defir, c'eft une fainte rage.
Un fils, par l'échafaut qu'un pere fait punir,
Et l'appelle à la grace & le fait revenir;
Le frere fait rentrer fon frere dans lui-même;
Et le met en état d'être admis au Baptême.
Le pere ne it rien, quand fon corps eft détruit,
Mais il donne à fon fils un éxemple qu'il fuit.
Au milieu des tourmens l'efclave inftruit fon maître,
Le force d'adorer le dieu qui l'a fait naître;

E

La vierge fait fentir, par fon humble douceur,
Que le bois de la croix n'a point de pefanteur ;
Etonnés & laffés de n'y pouvoir fuffire ,
Les bourreaux font chrétiens & veulent le martyre.
Les douze difperfés ont beau franchir les mers
Pour femer leur doctrine au bout de l'univers,
La mort, l'affreufe mort au tein pâle & livide,
Et s'embarque & les fuit fur la pleine liquide ;
Un déluge de fang marque tous leurs féjours,
La barbare qu'elle eft n'épargne pas leurs jours.
Paul eft fait prifonnier, de fes fers ce grand homme
Fait appel à Céfar, il eft conduit à Rome ;
Après avoir fourni cinq luftres de travaux,
Pierre & lui déchargés du foin de leurs troupeaux,
Par la croix, par le glaive en arrivant au calme,
Des mains de Jéfus-Chrift vont recevoir la palme.
Je n'ai point entrepris de vouloir raconter
Le nombre des martyrs, Dieu feul peut les compter.
Quinze ans après leur mort de nouveau faccagée ,
Solime par Titus dans l'oubli fut plongée * ;
Un feul jour vit périr onze cents mille Juifs ,
Et les autres depuis font toujours fugitifs.

---

* Solime fe prend ici pour Jérufalem, à caufe du mot latin *folima.*

Tout cela ne dit pas que les troublent cefferent;
Bien loin de prendre fin, trois fiecles s'écoulerent
Dans lefquels les chrétiens haïs, perfécutés,
Furent plus que les Juifs des peuples déteftés.
Ce que n'avoit pu faire un tems confidérable;
Une femme le fait par fa foi vive & ftable:
L'incomparable Hélene éclaire Conftantin,
Qui foumet à la croix le Grec & le Latin;
Ses drapeaux enrichis de fes armes pieufes,
Rendent dans les combats fes mains victorieufes;
Il attaque fans ceffe & triomphe toujours,
Il ne peut plus douter d'où lui vient ce fecours;
Il protége fi bien la loi Pontificale
Qu'il lui céde en pur don fa ville capitale,
Releve fon honneur entierement profcrit,
Et veut que tout fléchiffe au nom de Jéfus-Chrift;
Sous fes auguftes loix, fous fon heureux empire,
Sous celui de fes fils la vérité refpire.
Julien qui vient aprés, cet infâme Apoftat,
Fait bien changer de face à l'Eglife & l'Etat.
Peut-on voir fans douleur cette reine des meres
Elever dans fon fein des ferpens, des viperes,
Qui ne prennent plaifir qu'à la défigurer,
Et qu'elle ne nourrit que pour la dévorer?

F ij

Plus cruels que les Juifs, le fchifme, l'héréfie,
La féparation, l'horrible apoftafie,
Qui font ouvertement la guerre à l'unité,
Attaquent Jéfus-Chrift dans fa divinité.
Le nouvel Empereur, qui fe plaît & s'efforce
Dans le monde chrétien à femer le divorce,
Trouvant des adhérans à fes opinions,
Infecte fes Etats de fes illufions;
Pour rebâtir le temple, il fe laiffe féduire
Jufqu'à remplir l'oracle au lieu de le détruire.
Je ne rapporte pas les noms des novateurs,
Qui font naître à l'envi de nouveaux fectateurs;
Le nombre en eft trop grand, & ma timide plume
N'a point la vanité d'entreprendre un volume.
Dieu, qui toujours des fiens prend des foins étonnans,
Pour combattre l'erreur fufcite des favans,
Les Bafile, Jrénée, Auguftin, Chrifoftôme,
Profper, Ambroife, Hilaire, Athanafe & Jérôme,
Tant d'autres qu'il feroit trop long de détailler,
Tous, chacun dans fon tems brûlent de travailler;
Tous ont le même efprit & la même conduite,
On peut fur leur écrits juger de leurs mérite.
En faveur du torrent de leurs vains préjugés,
Ces fuperbes écrits des Grecs font outragés,

Jufqu'à fe féparer de l'Eglife latine

Pour fuivre le penchant de leur fauffe doctrine;

Laffe enfin des affronts que lui fait l'Orient,

La foi pour établir fon fiege en occident,

Laiffe ces entêtés, au milieu des féroces,

Languir fous le fardeau de leurs crimes atroces;

Je ne dis rien des maux qu'ils ont à fupporter,

Ils font affez punis qu'elle va les quitter.

Chez les Princes du Nord l'immenfe Germanie

Se fait honneur & gloire à Rome d'être unie,

L'Angleterre eft admife à fa communion,

Heureufe qu'elle pût conferver l'union!

Par l'Apôtre Denis, notre France éclairée,

S'empreffe de fon Dieu de porter la livrée,

Pour tâcher d'arriver au port délicieux

Qui conduit les mortels au Royaume des cieux,

Et leur fait, en fuivant cette route nouvelle,

Goûter les doux plaifir de la vie éternelle.

Par de dignes Prélats cultivée avec foin,

Cette terre fertile eft toujours fans befoin,

Magiftrats éclairés, Docteurs Evangéliques,

Intrépides guerriers & fages politiques,

Rien n'eft à defirer, Paris a vu des Rois

Sortir de leurs Etats pour vivre fous fes loix

Si j'avois à parler de tant de folitaires
Qui vivent dans les bois, peuplent les Monafteres ;
Après tous les anciens je nommerois Bernard,
Auftere Anachorete & Courtifan fans fard.

Mais il faut nous borner : difons que l'affemblée
Des fideles chrétiens fera toujours troublée ;
Ces derniers tems ont vu deux fameux renégats
Faire contre fes mœurs de nouveaux attentats.

La difcorde a vomi l'affreux Luthéranifme,
A fait à fon fecours venir le Calvinifme,
Qui, terribles tous deux dans leurs égaremens,
Ont épuifé leurs traits contre les Sacremens.

Il faut, dit fon époux, pour être triomphante
Qu'elle foit combattue & toujours militante ;
Nous devons prendre part à fes oppreffions,
Nos plus grands ennemis ce font nos paffions :
Ce font ceux que les Saints, fans fe laiffer abattre,
Pendant toute leur vie ont eu foin de combattre ;
Ils n'en ont évité le dangereux poifon
Que par la charité, le jeûne & l'oraifon.

Nous devons pardonner pour que l'on nous pardonne,
C'eft l'exemple, en mourant, que notre Dieu nous donne ;
Comme il a conftamment fupporté fes tourmens,
Et qu'il n'en a fait voir aucuns reffentimens ;

Il faut souffrir le mal, le prendre en patience
Se bien garder de rendre offense pour offense,
Et penfer qu'Auguftin nous dit dans fes Sermons
Que les méchans font faits pour éxercer les bons *.
Le jeûne met un frein à cette vie oifive,
Qui dans les vains plaifirs retient l'âme captive,
Et la rend en état de pouvoir s'affurer
Du fuprême bonheur qu'elle a droit d'efpérer.
Livrons-nous tout entier à l'oraifon mentale,
Ne négligeons en rien la priere vocale;
Donnons-nous tous ces foins, & les rapportons tous
A la gloire d'un Dieu fur la croix mort pour nous;
Comme enfans de l'Eglife, unique, univerfelle,
Joignons nos vœux aux fiens pour le peuple infidèle :
Dieu n'eft qu'efprit & veut qu'on le ferve en efprit,
Difons donc à fon fils d'un cœur vraiment contrit;
Vous êtes mon Sauveur; c'eft en vous que j'efpere,
Seigneur, foyez propice à mon humble priere;
Pour avoir part aux biens que vous nous préparés,
Faites rentrer chez nous nos freres féparés;

---

* *S. Aug. Super pfalmos in fpalmum* 54, *ad verfum primum.*
Omnis malus aut ideo vivit, ut corrigatur, aut ideo vivit, ut per illum bonus exerceatur.

Donnez-leur cet esprit doux, soumis & docile ;
Qu'exige des mortels votre sainte Evangile ;
Ils ont sucé le lait de la rébellion,
Ramenez ces ingrats à la réunion,
Et si l'enfant prodigue eut part à l'héritage,
Pensez que son retour ne fut que votre ouvrage
Etendez votre bras & vos tendres regards
Sur ces malheureux Juifs errans de toutes parts,
Qui vous cherchent toujours sans vouloir vous connoître,
Montrez-leur aujourd'hui que vous êtes leur maître ;
De ces infortunés ayez quelque pitié ;
Ne leur refusez pas votre ancienne amitié ;
S'ils vous ont fait souffrir la mort patibulaire,
C'étoit dans vos décrets un crime nécessaire ;
D'un seul de vos rayons daignez les éclairer,
Ils ont commis le mal, qu'ils puissent le pleurer
Ne vous lassez vous point de voir la Terre-sainte,
De votre divin sang qui paroît encor teinte,
Sous un Prince étranger, sous de barbares loix ;
D'un sang si précieux perdre les plus beaux droits
Appellez à la foi ces peuples incrédules,
Qui ne font attachés qu'aux fables ridicules.
D'un démon incarné, d'un infâme imposteur
Qui fit son alcoran pour sa perte & la leur.

Vous les avez créés, n'êtes-vous par leur pere ?
Leurs yeux ne veulent point se rendre à la lumiere ;
Si vous les y forcés, ils vous feront soumis ;
Vous êtes mort pour eux, ils sont de vos amis.
Le pere des Bourbons, qui dès son plus bas âge,
De Blanche avoit reçu la sagesse en partage,
Pour rétablir la foi chez les Orientaux,
De la croix Saint Louis arbore les drappeaux ;
Tous les Princes chrétiens brûlent d'impatience,
De marcher sur les pas du Héros de la France ;
On équipe, on s'embarque, on met la voile au vent,
La croisade se fait sous son commandement ;
On leve l'ancre, on part, la Méditérannée
De voir tant de vaisseaux parut toute étonnée ;
Mais Dieu ne permit pas qu'achevant son dessein,
Dans Solime il entrât les armes à la main :
Comme il agit toujours pour sa plus grande gloire,
C'étoit trop peu pour lui d'une telle victoire ;
Il se livre un combat dans ces bouillans climats,
Où jamais on ne vit ni glace ni frimats ;
Le Nil sort de son lit pour attaquer la Seine,
La victoire long-tems reste entr'eux incertaine,
Eprouvant à la fin le plus cruel revers,
Et la Seine & son Roi tout tombe dans les fers.

C'eſt là que ce Héros, l'éxemple des Monarques,
Donne de ſa vertu les plus viſibles marques ;
De ſa triſte infortune il ſe fait un bonheur,
Tout priſonnier qu'il eſt on le croit le vainqueur ;
Après avoir payé le tribut à la peſte,
Et dans Acre aſſemblé des ſiens le foible reſte,
Il ſolde ſa rançon, celle de ſes ſoldats
Et revient ſe montrer au ſein de ſes Etats ;
Où la mort de ſa mere, après cinq ans d'abſence,
Sembloit plus que jamais éxiger ſa préſence.
Aimé de ſes ſujets, admiré, reſpecté,
D'aucun il ne reçut un hommage affecté ;
Modeſte, bienfaiſant, pieux, prudent & brave ;
De Rome il fut ami ſans en être l'eſclave.
Il cimente la paix avec tous ſes voiſins,
Et porte de nouveau la guerre aux Sarazins ;
Tunis à ſon approche, & triſte & conſternée,
Dans ce grand jour croit voir ſa derniere journée ;
Le courage du Roi, ſon zèle, ſon ardeur,
Du Soldat animé redoublent la valeur ;
Tout fléchit ſous ſon bras, quand un mal incurable
Attaque dans ſon camp ce Prince redoutable ;
Pendant les premiers jours le progrès eſt égal,
Mais ſuccombant enfin ſous le faix de ſon mal,

Dont aux moins pénétrans l'affreufe violence ;
Annonce de fon corps l'entiere décadence ;
Plus on voit dans fes yeux fon courage abbatu ;
Plus dans fon cœur s'armant de toute fa vertu ,
Il demande à fon fils , qui ne peut s'en défendre ,
La confólation d'expirer fur la cendre.
Réduit dans cet état d'un pénitent parfait ,
Qui ne compte pour rien tout le bien qu'il a fait ,
Il quitte fans regret l'éclat du diadême ,
Et dans Carthage il meurt le vainqueur de lui-même.
Son amour pour fon Dieu dans tous fes fuccesfeurs ,
De fon culte nous laiffe autant de défenfeurs ,
Et de tant de vertus , également brillantes ,
Nous avons fous les yeux des images vivantes.
Tous les jours nous voyons chez notre Augufte Roi ,
Les traits les plus marqués d'une éclatante foi ,
Il fe fait un devoir que fa raifon foumife ,
Soit fans ceffe attachée aux décrets de l'Eglife ;
De fes dogmes facrés , comme Roi très-Chrétien ,
Il nous montre qu'il eft le généreux foutien ;
Et fi de fes fujets on le nomme le pere ,
Ennémi des erreurs , c'eft un juge févere
Qui donne tout fon tems & fon attention
Au refpect que l'on doit à la religion.

C'eſt ici le moment où l'ardeur de mon zèle
Pouroit ſe dilater à citer un modele,
Sous lequel les vertus viennent ſe réunir ;
Mais j'ai donné parole & je dois la tenir :
La raiſon me preſcrit d'agir avec prudence,
Pour ne pas m'expoſer à commettre une offenſe
Aux yeux d'une beauté dont l'aimable douceur
Dévoile ouvertement les ſecrets de ſon cœur,
En joignant aux appas de ce bon caractere
Les rares qualités de ſa Royale mere,
Qui de ſes jours ſacrés ne goûte les attraits,
Que lorſqu'ils ſont marqués au coin de ſes bienfaits,
Et quand avec amour ſon peuple l'entend dire
Que ſes ſoins ont produit le bien de ſon Empire.
Cédons, puiſqu'il le faut, aux chéris d'Apollon,
Dès l'enfance éxercés dans le ſacré vallon,
Dont la plume a le droit, ſans paroître forcée,
D'aſſujettir la rime au choix de la penſée,
L'honneur de faire voir ſous preſſe par milliers,
Sur un ſi beau ſujet des volumes entiers,
Qui tous, dans le deſſein de tracer ſon hiſtoire,
Sauront de mieux en mieux nous parler de ſa gloire.
Louis le bien aimé n'uſa de ſon pouvoir,
Que pour faire rentrer chacun dans le devoir ;

Pour l'Eglife il brava tous les traits de l'envie,
C'eft fon furnom qui fait l'éloge de fa vie.
Que ne m'eft-il permis de tirer du cercueil,
La Reine dont nos cœurs n'ont point quitté le deuil,
A l'univers entier pour rendre témoignage
De la bonté des mœurs quelle avoit en partage?
Arbitre de fon fort, de fa gloire jaloux,
Le ciel en la formant lui donna pour époux
Un Héros dont le nom refpecté fur la terre,
En grandeur ne céda qu'au maître du tonnerre:
Sur fon front refpectable où brilloit la candeur,
Il étoit dit que Dieu réfidoit dans fon cœur;
A la priere ardente, attentive & fidele,
Comme elle étoit en lui, lui feul étoit en elle.
Reine dans un palais où tremblent les mortels,
Servante humiliée au pied de nos autels,
A l'aide des leçons de fa fainte patronne,
Sans cefle elle y venoit dépofer fa couronne.
Ses enfans élevés dans ces beaux fentimens,
N'ont ceffé d'en donner l'éxemple à leurs enfans,
Et ceux-ci convaincus de la foi de leur peres,
Feront aimer aux leurs nos auguftes myfteres;
C'eft ainfi que toujours les Princes qui naîtront,
Soigneux de les apprendre à ceux qui les fuivront,

D'un fleuve falutaire & fécond dans fa courfe,
Chacun d'eux bénira l'inépuifable fource.
Une illuftre Princeffe a déjà de la Cour
Quitté le féduifant, mais dangereux féjour,
Pour vivre recueillie au fond d'un Monaftere,
Et donner de fes jours le refte à la priere,
En demandant à Dieu qu'il pardonne au pécheur,
De fes égaremens qui reconnoît l'erreur,
Et qui dans le defir d'attirer fa clémence,
Cherche le vrai moyen d'en faire pénitence :
Tout le monde eft d'accord, ainfi qu'il eft écrit,
Que l'on doit tout quitter pour fuivre Jéfus-Chrift.
Jamais chez les chrétiens ce mot ne fit difpute,
Et Louife aujourd'hui l'enfeigne & l'éxécute.
Admirons des vertus dont on ne peut douter !
C'eft peu qu'on les admire, il faut les imiter ;
Il faut prier le ciel qu'il nous donne les graces
De marcher dignement fur de fi faintes traces,
Pour mériter au jour du grand avenement,
De ne point éprouver fon jufte châtiment,
Et que placés enfin du Sauveur à la droite,
Nous puiffions à jamais voir l'augufte Antoinette,
Et chanter tous enfemble, & d'un commun accord,
Les louanges d'un Dieu triomphant de la mort.

F I N.